LE CHEMIN DES ETOILES

* * * *

© 2022 Annie BERLINGEN
Edition : BoD - Books on Demand,
12/14 rond-Point des Champs-Elysées, 75008 Paris
Impression : BoD - Books on Demand,
Norderstedt, Allemagne
ISBN : 9782322388172
Dépôt légal : Janvier 2022

Annie BERLINGEN

LE CHEMIN DES ETOILES

* * * *

AB

Écrire encore

*Les étoiles sont au ciel
comme les lettres dans un livre.*

Vladimir Nabokov

✽ ✽ ✽ ✽

Avertissement

Pour toi, ami(e) lecteur, lectrice !

J'ignore ce qui m'a poussée à écrire cette histoire où se mêlent faits réels – *comme l'exode des Pieds Noirs ou les règlements de comptes dans la ville de Marseille* – et des faits purement imaginaires mais nés dans ma pensée de ce que je peux voir et entendre à la télévision ou ailleurs.

Peut-être aussi quelques réminiscence venues de mon passé et de mon amour pour ce pays qui m'a vue naître et, qu'en vieillissant, je regrette de plus en plus. Il m'est apparu évident que je devais rédiger tout ce que je porte en moi. J'ai écrit rapidement, sans me poser de questions. La rédaction de ce livre ne m'a pris que peu de temps tant le scénario était clairement posé dans ma tête. Bien sûr, il a évolué au fil de l'écriture.

J'espère qu'il te plaira de le lire.

L'INCONNUE DE LA PLAGE

*

1

Octobre 2015. Service des urgences – Hôpital Général de Saint Sauveur (Jura).

La porte s'ouvrit et un homme s'avança au centre de la pièce. Grand, larges épaules et hanches minces, il arborait du sel dans le poivre de la chevelure d'une quarantaine assumée. Une barbe de trois jours, savamment entretenue, soulignait le contour d'un visage halé, aux mâchoires carrées et volontaires. Des yeux sombres comme une nuit sans lune pour compléter le portrait de celui dont la présence venait d'envahir l'espace, le capitaine Raphaël Monnier, du commissariat de la ville.

– Salut Doc ! Dit-il

– Ah ! Salut Rapha ! Désolé de te déranger à cette heure matinale mais il me fallait prévenir la police le plus rapidement possible. Et comme la police, c'est toi...

– Pas de souci ! Tu sais bien que je suis un lève-tôt ! Je terminais mon jogging quand tu m'as appelé. Je suis venu directement sans me changer, lui répondit Raphaël, en lui montrant son survêtement. Qu'est-ce qu'on a ?

– Femme entre trente et trente cinq ans, type caucasien, trouvée inconsciente sur la route du lac. L'automobiliste qui l'a découverte, a appelé les pompiers qui l'ont conduite chez nous, expliqua Tittu Tomasi, médecin-chef des urgences de l'hôpital.

– Connaît-on son identité ?

– Non ! Aucun papier, rien sur elle

en dehors d'une robe déchirée. Elle était pieds nus, ne portait aucun sous-vêtements, aucun bijou, sauf autour du cou, un sachet en cuir contenant une liasse de billets de cent euros.

– Des billets de cent euros? Raphaël émit un léger sifflement. Les as-tu comptés ?

– Bien sûr que non ! C'est à toi que revient ce privilège ! J'veux pas d'histoire avec la police; moi, rétorqua l'urgentiste. J'ai aussi fait mettre la robe dans un sac stérile. Qui sait, des empreintes à exploiter ? Des traces d'ADN?

– Bravo, Doc ! Tu finiras médecin légiste.

– Dieu m'en garde ! s'écria ce dernier en riant. Je vois assez d'horreurs comme ça.

Le capitaine se rapprocha du lit où était allongée la jeune femme. Il l'observa attentivement. Les yeux fermés, elle semblait dormir mais il remarqua comme une crispation sur son visage.

– Depuis combien de temps est-elle inconsciente, demanda-t-il.

– Je n'en sais rien. Elle est ici depuis trois heures maintenant, répondit Tittu. Elle était en hypothermie, il a fallu la réchauffer rapidement. Combien de temps s'est écoulé avant sa découverte et son transport chez nous, je l'ignore.

– Quand va-t-elle se réveiller ?

– Cela aussi, je l'ignore. Nous avons fait tous les examens possibles. Tout est bon. La plaie à la tête est sans doute due à une chute. Le scan cérébral a révélé un léger trauma crânien qui peut expliquer son état actuel. Elle présente aussi de nombreuses contusions.

– Y a-t-il eu sévices sexuels ?

– Non, aucun. C'est déjà bien parce que toutes ses ecchymoses prouvent qu'elle a dû être maltraitée.

– Battue, tu penses ?
– Sans doute mais attachée sans aucun doute. Viens voir.

Raphaël se pencha sur le corps immobile et le médecin lui montra les traces rouges et les lacérations laissées par des liens, sur ses poignets et autour de ses chevilles.
– Visiblement elle devait être attachée.
– Elle a dû aussi marcher longtemps sur le sol gelé. Ses plantes de pieds sont comme brûlées.
– Pauvre fille, dit le capitaine en se redressant, je comprends mieux pourquoi elle conserve ce visage crispé et peut être, aussi, pourquoi elle ne se réveille pas. Des traces sur sa robe ?
– Non! Quelques tâches de sang mais c'est le sien. Quant à son coma, il est peut être dû à la plaie qu'elle a la tête, fort possible aussi que son subconscient refuse ce retour à la vie par crainte de subir encore

ce qu'elle a déjà subi, confirma Tittu. Je te montre autre chose qui va sans doute t'intriguer encore plus. Regarde.

Il souleva le drap et découvrit le bras gauche de la belle endormie. Un tatouage d'une forme étrange s'offrit aux yeux éberlués de Raphaël.
– Waouh! s'exclama ce dernier. Je n'ai jamais rien vu de semblable. Ce tatouage est d'une beauté extraordinaire. *Il sortit son portable et le photographia.*
– Que comptes-tu en faire ? demanda Tittu.
– Mener quelques recherches. Peut-être est-il répertorié quelque part. Je verrai bien.
– Et pour elle ?
– Je vais demander qu'un agent soit placé devant sa porte. Soyons prudents. Elle s'est sans doute échappée d'un lieu quelconque et ses geôliers la traquent sûrement. Je rentre au commissariat et je

lance une recherche dans le fichier des disparitions. Je verrai bien ce qu'il en ressortira. De ton côté, tu me fais signe dès qu'elle ouvre les yeux. Merci à toi, toubib. A plus.

– Promis, je te bipe dès qu'elle émerge. Bonne journée à toi et à plus. Ah ! N'oublie pas de récupérer à l'accueil, l'argent et la robe.

– Ok ! Merci.

Le capitaine quitta aussitôt la chambre, déjà électrisé par l'énigme de la jeune inconnue. L'oreille collée à son téléphone, il donna des ordres rapides et précis. Au bureau des entrées de l'hôpital, il récupéra les pochettes, l'une contenant les billets, l'autre la robe et sortit.

Tittu Tomasi, quant à lui, s'était replongé dans l'observation de sa patiente et des questions qu'elle soulevait.

* * * *

Après une douche rapide et avoir revêtu un jean, un sweat et un blouson, Raphaël Monnier cala son arme à sa ceinture, avala une tasse de café noir bien serré et se rendit à la caserne des pompiers. Au commandant du centre, il demanda des précisions sur la prise en charge de la jeune femme ainsi que l'identité de celui qui l'avait découverte. Il rejoignit ensuite le commissariat.

– Bonjour, mon capitaine, le salua l'agent chargé de l'accueil.

– Salut, Simon.

– Maxime est parti pour l'hôpital sitôt après votre appel. Il vient de confirmer qu'il est en place devant la porte de l'inconnue.

– Parfait, répondit le capitaine. Pense à le faire relever dans deux heures. Établis une rotation. Il faut une surveillance même de nuit.

– C'est une VIP que nous surveillons ?

– Non, mais une personne dont on ne

sait rien et qui semble avoir fui ses tortionnaires. Donc, prenons toutes les précautions possibles.

— Ce sera fait, répondit Simon.

— Autre chose ! Convoque Monsieur Stéphane Prieur et demande lui de passer le plus rapidement possible au commissariat. C'est urgent! Voici son numéro de portable.

— Tout de suite! Autre chose ? demanda Simon.

— Non ! Merci à toi. Je suis dans mon bureau. A plus tard.

Raphaël Monnier grimpa quatre à quatre les marches conduisant à l'étage et s'installa à sa table de travail. Il avait des fourmis au bout des doigts et une poussée d'adrénaline qui faisait battre son cœur. Enfin une enquête qui allait le sortir de son quotidien ronronnant.

* * * *

Né dans le 16 ème arrondissement de Paris, Raphaël Monnier était fils d'une mère, professeur de lettres classiques à la Sorbonne et d'un père chirurgien, spécialisé en cardiologie, à l'hôpital de La Pitié-Salpêtrière.

Il avait eu une enfance dorée dans un appartement confortable, des vacances au ski en hiver, au bord de l'océan en été, sans parler des voyages découvertes dans des pays lointains. De quoi former l'esprit d'un jeune enfant puis d'un adolescent curieux. Malgré toutes ces facilités que lui conféraient la situation familiale, il avait été élevé dans les respect des gens et de leurs métiers. Fils unique, ses parents avaient veillé à ce qu'il ne devienne pas un enfant gâté à qui tout était dû. Il avait appris au fil du temps la valeur du travail et sa considération.

Après un master en droit, brillamment obtenu, Raphaël Monnier avait hésité entre être avocat ou magistrat. Son besoin d'action l'avait finalement conduit vers une carrière dans la police. Il était sorti lieutenant de l'école et avait gravi les échelons grâce à sa faculté à résoudre des affaires délicates, compliquées et à son investissement dans chacune d'elles. Quelques mois auparavant, au cours d'une enquête difficile, il avait usé de moyens peu orthodoxes et s'était mis en danger ainsi que ses collègues . Sa hiérarchie l'avait aussitôt éloigné afin qu'il se fasse oublier. Muté dans le commissariat, de la petite ville de Saint Sauveur, il s'ennuyait à mourir. C'était un bel endroit, non loin d'un petit lac aux eaux transparentes, qui sommeillait sous le soleil Rien d'extraordinaire ne s'y passait. L'été apportait un peu plus d'animation avec les vacanciers qui venaient y passer leurs congés pour quelques jours ou quelques semaines. En juin arrivaient les retraités et les couples sans enfant, en juillet et août c'était la vague des touristes de tout bord. Saint Sauveur retrouvait sa tranquillité en septembre avec là encore, des retraités inoffensifs. Même durant ces périodes d'affluence, il ne s'y passait rien de bien intéressant en dehors de quelques pugilats entre personnes éméchées. Vraiment rien à se mettre sous la dent.

La seule chose qu'il appréciait ici, c'était d'avoir retrouvé son ami de fac, Tittu Tomasi. Un jour qu'il noyait son ennui dans un bar très fréquenté de la ville, il avait reçu une grande tape dans le dos et une voix connue lui cria dans l'oreille :

– Salut, vieux frère! Que fais-tu dans ce trou perdu?

– Si je m'attendais à ça ! dit Raphaël en se retournant et en découvrant son ami de fac. Je pourrais te poser la même question. Que fais-tu ici ? Je vais me sentir moins seul maintenant.

S'en suivit une accolade sincère et bien sûr, les questions-réponses fusèrent. Ils évoquèrent leurs années d'étude et leurs frasques d'étudiants.

* * * *

A cette époque, Tittu Tomasi était monté à Paris, depuis sa Corse natale et étudiait la médecine. Ils s'étaient retrouvés en colocation dans un petit appartement et avaient très vite sympathisé. Ensemble, ils avaient fait des bêtises de potaches, avaient bien ri et profité de ces années de fac où se mêlaient travail sérieux et épisodes de folies estudiantines.

Tittu avait, lui aussi, brillamment passé sa thèse et s'était spécialisé dans la médecine d'urgence. Son diplôme obtenu, il avait rejoint un hôpital sur son île.

- Je te croyais en poste à Corté, dit Raphaël. Que fais-tu dans ce trou perdu?

- C'est une longue histoire, assez pénible que je te raconterai plus tard, répondit son ami. Et, toi?

- Pareil pour moi. Un mauvais choix dans une affaire sensible et mes patrons m'ont mis au vert.

- Eh, bien! Voilà reformé le duo de choc des années d'insouciance. Mais tu verras, la ville est petite mais charmante et les gens souriants et agréables.

Ils avaient terminé la soirée en évoquant leur passé et en se racontant leur évolution professionnelle.

* * * *

Malgré cette présence amicale, le capitaine Monnier rongeait son frein. Le terrain, les émotions d'une enquête à mener, les investigations, les interrogatoires, tout ce qui avait été sa vie d'avant, son moteur, tout lui manquait. Depuis quelques semaines, il envisageait de remettre sa démission et de se reconvertir en détective privé. Et voilà que cette affaire étrange arrivait comme un clin d'œil du ciel. Il s'empressa de ranger, dans un tiroir, la lettre destinée à sa hiérarchie, .

– Je verrai ça plus tard ! se dit-il avec un sourire ravi.

Il ouvrit son ordinateur et se connecta au fichier départemental des personnes disparues. Aucune d'elles ne correspondait à l'inconnue de la plage, ainsi qu'il l'avait nommée. Il fit un tour dans le registre national. Aucun profil ne matchait dans ce dernier non plus.

– Qui êtes-vous donc, belle dame? Personne n'a signalé votre disparition. Êtes-vous seule au monde? Vos tortionnaires sont-ils à votre recherche pour vous empêcher de parler. *Ce mystère qui entourait l'inconnue, l'excitait.* Vivement que vous vous réveilliez ! Quels êtres malfaisants ont pu vous infliger de tels sévices ? Faites-vous l'objet d'une demande de rançon ? Impossible compte tenu de la somme d'argent que vous aviez sur vous. Alors...???

Toutes ces questions tournaient dans sa tête sans qu'il puisse y apporter la moindre réponse. Il flairait quelque chose de mystérieux, de différent de ses autres enquêtes.
– Il ne me reste plus qu'à attendre que la belle se réveille ! pensa-t-il en poussant un soupir de frustration.

Son téléphone sonna. C'était Simon qui l'avertissait que, contacté, Stéphane Prieur serait là dans une dizaine de minutes.

— Parfait ! Merci Simon. Tu le fais monter dès qu'il arrive.

L'homme lui expliqua qu'il avait vu sur le bas côté de la route une forme allongée sur le talus. Intrigué, il avait stoppé sa voiture et découvert cette femme inconsciente. Après l'avoir recouverte de son anorak, il avait appelé les pompiers et attendu qu'ils la prennent en charge.

— Pouvez-vous me situer exactement l'endroit où elle était?

— Juste après le panneau annonçant la plage.

— Merci beaucoup de votre aide, dit le capitaine. Je compte sur votre discrétion. Pour l'instant rien ne doit filtrer dans les journaux. Sa vie pourrait être mise en danger.

— Je comprends. Je reste à votre

disposition si vous avez encore besoin de moi. Bonne journée, Capitaine.

– Bonne journée à vous également.

Une poignée de mains et le « sauveur » s'en fut. Raphaël saisit son téléphone et demanda qu'une équipe se rende à l'endroit indiqué par son visiteur et ratisse les lieux à la recherche d'indices. Qui sait s'il ne traînait pas quelque objet appartenant à la belle endormie.

* * * *

Il sortit son portable et examina de plus près le tatouage photographié. Il représentait cinq étoiles et un feuillage. Que pouvait-il signifier ?

– Il a sans doute une signification pour la jeune femme, se dit-il. On ne se fait pas tatouer ce genre de dessin sans motif. Encore une énigme.

Il rechercha sur le net, un dessin similaire mais ne trouva rien qui lui ressemblât. Après un moment de réflexion, il prit son blouson.

– Je vais à Pont du Lac, chez Tévaké, le tatoueur. Tu me joins sur mon portable si besoin.

– Des envies de tatouage, mon capitaine? répondit l'agent en souriant.

- Oui, la tronche de la commissaire principale, en 3D. Bon, trêve de plaisanterie, tu me bipes si nécessaire.

Et il sortit sans attendre de réponse, heureux de quitter ce bureau sinistre et étouffant. Il avait l'impression d'y perdre la moitié de sa vie.

* * * *

Le salon du tatoueur se situait sur le Boulevard du Lac, cette longue avenue qui longeait le plan d'eau que l'on voyait miroiter sous le soleil. La devanture du salon était très attirante avec ses couleurs vives qui égayaient la grisaille ambiante. Dans la vitrine des photos de tatouages particulièrement beaux. Tévaké, le maître des lieux, était un Polynésien venu de Tahiti, son île natale. Installé depuis quelques années, il avait acquis une réputation qui attirait les candidats de toute la région. De son île, il avait conservé l'accent si particulier qui fait rouler les R, de façon spéciale mais aussi la joie de vivre et la gentillesse qui animent les habitants de ce pays de rêve. De stature imposante, il avait dans ses gestes une douceur et un agilité sans pareille.

La porte de l'officine étant ouverte, Raphaël y pénétra. Il aperçut un homme penché sur un dessin qu'il examinait avec attention.

– Tévaké? Demanda-t-il
– C'est moi ! Qui le demande, dit l'homme en se retournant.
– Capitaine Raphaël Monnier, fit-il en lui montrant sa carte de police.
– Ia orana*, Capitaine ! Que puis-je pour ton service ? Un tatouage ?

A Raphaël, étonné par son tutoiement, il expliqua :
– Chez nous, à Tahiti, tutoyer les gens est normal. Pardon si cela te choque. Tu peux aussi le faire si tu veux..
– Non pas choqué, juste surpris. Je viens à vous pour essayer de trouver une explication à ce tatouage. *Il lui montrait la photo prise à l'hôpital.*
– Très beau et très bien fait, apprécia Tévaké, en connaisseur. Permets que je le regarde de plus près.

Il se saisit du portable et le plaça sous une loupe. Il hochait la tête, murmurait des mots en tahitien. Il se releva finalement et revint vers le capitaine qui attendait avec impatience.

– Ce dessin représente la constellation de Cassiopée, reconnaissable à sa forme en W. Je t'explique.

Raphaël s'approcha et Tévaké lui montra les cinq étoiles formant la constellation et le W qui se dessinait si on les joignait entre elles, par un trait.

– Pensez-vous qu'il y ait une explication à ce tatouage?

– Sans doute un signe d'appartenance à un groupe, ce genre de dessin n'est pas fréquent.

– Vous pouvez m'en dire plus ? Reconnaissez-vous la facture d'un de vos confrères ?

– Non, aucune de mes connaissances n'a exécuté ce dessin, j'en suis certain. Désolé de ne pouvoir te donner plus d'explications, dit Tévaké.

– J'ai déjà celle du tatouage. Je vais pouvoir avancer quand même. Et félicitation ! Vos productions sont magnifiques.

– Maruru*, Capitaine. Viens quand tu veux pour une séance.

– Non, très peu pour moi. Au revoir, Tévaké et encore merci pour votre aide.

– Nana*, capitaine et bonne journée.

Raphaël monta dans sa voiture et reprit la direction de Saint Sauveur. Il repensait à ce que lui avait dit le tatoueur.

– Un symbole d'appartenance à un groupe. Une secte ? Un groupe secret? Une association terroriste? Ceci pouvant expliquer les marques aux poignets et aux chevilles. Je vais orienter mes recherches dans ce sens.

Finalement il revenait avec une piste à exploiter. Il souriait de plaisir. Enfin du concret.

* * *

* * * * * * * * *

* *Ia orana : Bonjour*

* *Maruru : (prononcer marourou) Merci*

* *Nana : au revoir ou adieu*

* * * *

2

Dix jours déjà qu'Aurore, la Belle au bois dormant, ainsi que l'avait baptisée Tittu Tomasi, avait été retrouvée inconsciente et qu'elle était étendue dans ce lit d'hôpital sans avoir repris connaissance. Le médecin l'avait faite transporter dans une chambre, à l'étage et venait tous les jours la visiter. Le capitaine Raphaël Monnier lui aussi, se rendait à son chevet tous les jours, guettant un signe annonçant son réveil. C'était plus fort que lui, comme un aimant attire le métal, il éprouvait le besoin irrésistible de lui rendre visite. Il lui fallait s'assurer par lui-même de l'évolution de son état. Mais rien ne se passait, pas même un léger frémissement. Ce matin-là, il s'en inquiétait auprès de son ami, l'urgentiste.

— Qu'en penses-tu ?

— Je n'y comprends rien, répondit ce dernier. Toutes ses fonctions vitales sont bonnes. Son dernier scan cérébral est bon. Ainsi que je te l'ai déjà expliqué, il est fort possible que son subconscient fasse obstacle à son réveil et là, le retour à la vie est indéterminable.

— C'est frustrant de ne rien savoir et ne rien pouvoir faire. Se réveillera-t-elle?

— Oui, elle reviendra parmi nous mais quand ? La question reste posée. *Son bip vibra, il le consulta rapidement.* Je te laisse, Rapha. J'ai un blessé grave qui arrive. A plus !

Et il s'éloigna rapidement après avoir tapoté l'épaule de son ami.

Le capitaine s'installa auprès d'Aurore, scrutant son visage. Chaque fois qu'il la regardait, il sentait une douce chaleur l'envahir. Cette fille le touchait. Il admirait son visage à l'ovale parfait, son nez droit et fin, sa bouche aux lèvres bien ourlées et ses cheveux. Étalés en boucles sur l'oreiller, ils avaient la couleur dorée des châtaignes des bois, en automne. Ses yeux clos gardaient encore leur secret. Sous la couverture, il devinait un corps mince avec de longues jambes.

– Qu'y a-t-il chez vous, belle Aurore, qui me donne envie de vous protéger, de prendre soin de vous, murmura-t-il.

– Elle est belle, n'est-ce pas ? chuchota une voix dans son dos.

Contrarié d'être surpris dans sa contemplation, il se tourna vers l'infirmière qui venait d'entrer.

– En effet, elle est jolie. Attendons qu'elle sorte de son sommeil et qu'elle nous dévoile toute sa beauté. Qui êtes-vous ? interrogea Raphaël Monnier.

– Je suis Thésie, l'infirmière chargée de prendre soin d'elle, avec Rose l'aide-soignante et Prisca, pour l'entretien, dit-elle en lui montrant les deux jeunes filles qui l'accompagnaient. Nous sommes l'équipe de jour, les seules à avoir accès à sa chambre.

– Et pour la nuit ? s'enquit le capitaine qui avait repris une attitude indifférente.

– C'est Arnaud qui est présent. Le docteur Tomasi nous a confié cette mission et vos gardes nous connaissent bien.

– C'est parfait ! Prenez bien soin d'elle. Un mystère se cache derrière ses paupières closes que j'aimerais bien découvrir.

– Elle se réveillera bientôt et pourra vous raconter son histoire. Maintenant je vais vous demander de sortir, nous avons des soins à lui prodiguer. Bonne journée, Capitaine !

– Ravi de vous avoir rencontrée. Bonne journée également.

Il sortit rapidement, encore furieux contre lui de s'être laissé surprendre dans un moment de tendresse. Il continuait à se demander pourquoi cette jeune femme sans nom, le captivait autant. Était-ce sa fragilité, son mystère ? Il ne pouvait donner aucun sens à cette attirance qu'il ressentait. D'ordinaire les personnes sur lesquelles il enquêtait, étaient mortes. Elle, elle était bien vivante même si elle ne réagissait pas. Elle était belle aussi, avec sa peau dorée et son teint transparent.

– Tu ne vas pas tomber amoureux, tout de même ! Ce n'est pas la première jolie fille que tu rencontres. Qu'a donc celle-ci qui t'attire plus que les autres ?

Il soliloquait tout en se hâtant vers sa voiture. Il allait se pencher à nouveau sur le vide du dossier. Même l'équipe qu'il avait chargée de ratisser autour de l'endroit de la découverte d'Aurore, était revenue bredouille. Mystère total, complet. Et cette attente d'un retour de la belle dans le monde des vivants qui n'en finissait pas. Voyant l'heure avancée, il appela le commissariat et prévint qu'il rentrait chez lui où il serait joignable.

Il resta un long moment sous la douche, appréciant la caresse de l'eau ruisselant sur son corps. Sa douce chaleur le détendit. Il sentit ses muscles se décontracter. Il s'enroula dans un peignoir moelleux et s'installa sur le divan, un verre de Chardonnay à la main. Il alluma la télévision pour suivre les informations avec toujours cet espoir qu'un avis de disparition fasse la une de l'info. Il dîna d'un reste de lasagnes réchauffé au micro-ondes, enfila un pyjama, se resservit un verre de Chardonnay et s'installa de nouveau devant son écran. Il voulait regarder une nouvelle série policière, avec une capitaine farfelue qui ne s'embarrassait pas de ronds de jambe pour ses enquêtes. Cela changeait un peu des scénarios habituels. Fatigué par cette journée stressante, il s'endormit devant son écran. La sonnerie stridente son portable le réveilla en sursaut.

– Bon dieu ! marmonna-t-il en voyant l'heure tardive. Le bureau doit s'inquiéter.
Il décrocha rapidement.

– Monnier, j'écoute !
– Raphaël, c'est Tittu. Peux-tu venir rapidement. Il y a du nouveau.
– Elle s'est réveillée ? demanda-t-il pendant qu'il enfilait son jean et un sweat shirt.
– Non, pas encore. C'est autre chose !
– J'arrive.

Il saisit ses clés de voiture et fonça dans l'escalier de l'immeuble. Dix minutes plus tard, il rejoignait Tittu dans la chambre d'Aurore.

– Que se passe-t-il ?
– Regarde ce que Thésie a trouvé sur la

tablette, ce matin.

Le médecin tendit au capitaine une enveloppe kraft d'où il retira une feuille dactylographiée. Il lut :

„ Cassiopée, reviens parmi nous. Nous avons besoin de toi. »

– Comment cette lettre est-elle parvenue jusque dans la chambre ? Qui était de surveillance cette nuit ? *Il était furieux.* Celui ou celle qui a déposé ceci aurait aussi bien pu être un tueur venu l'exécuter.

– C'est moi, mon capitaine. Michel s'avançait.

– Comment avez-vous pu laisser entrer un inconnu dans la chambre ?

– Un infirmier s'est présenté vers vingt-trois heures, en disant qu'il venait vérifier la perf et le bon fonctionnement des appareils.

– Le connaissiez-vous ?

– Non, mon capitaine, mais il portait

une blouse blanche et avait le badge réglementaire. Comme je lui faisais remarquer que les autres soirs c'était Arnaud qui se chargeait de cette visite, il m'a expliqué que ce dernier avait été appelé d'urgence chez lui et lui avait demandé de le remplacer.

– Avez-vous noté son nom ?

Michel sortit son calepin et lut : Roger Durand, nom passe partout, s'il en est.

Le capitaine se tourna vers Tittu Tomasi et lui demanda si ce nom lui rappelait quelqu'un.

– Non ! Je vais demander au secrétariat si nous avons un Roger Durand parmi notre personnel. Il sortit son téléphone et composa un numéro. Il discuta un moment, attendit une réponse puis raccrocha.

– Personne parmi tout le personnel de l'hôpital ne porte ce nom, dit-il à Raphaël.

– Qu'en est-il d'Arnaud ?

— Il a bien quitté l'hôpital à la suite d'un appel téléphonique urgent, expliqua Tittu.

— J'en aurais mis ma main à couper, rugit le capitaine. Il faudra que je l'entende. Peut-être pourra-t-il nous donner une description de cet infirmier fantôme. Bon sang ! Qu'est-ce qui se cache derrière ce visage si calme?

— Je pense que nous n'attendrons plus trop longtemps pour le savoir. Elle manifeste les premiers signes d'un réveil.

— Combien de temps encore ?

— Je dirai dans les quarante-huit heures à venir.

— Tu m'avertis comme prévu. Vous, plus personne ne pénètre dans cette chambre en dehors de ceux qui y sont autorisés., ordonna-t-il à Michel.

— Compris, mon capitaine, promit-il.

— Parfait ! Passez le message à tous ceux qui monteront la garde. *Il photographia le message.* Je vais faire porter cette enveloppe au labo bien que je sois certain qu'ils ne trouveront aucun indice.

— Au fait, demanda l'urgentiste, as-tu pensé à faire paraître un article ?

— Surtout pas ! s'exclama Raphaël. Si des individus sont à sa recherche, ce serait la leur livrer sur un plateau d'argent.

— Et son sauveteur ? Tu ne crains pas qu'il raconte sa BA ?

— Non ! Je l'ai briefé en conséquence. Il ne dira rien et rien ne doit sortir d'ici, également.

— Le service est prévenu que nous avions pris en charge un évadé dangereux et que rien sur sa présence ne devait être dévoilé. Il n'y a rien à craindre.

— Où puis-je trouver Thésie ? demanda Raphaël.

— Au bureau des infirmières ou dans la salle de repos.

— Merci, toubib. Bonne journée.

— Salut !

Le capitaine trouva Thésie au bureau où elle rédigeait son rapport matinal.

— Bonjour Thésie, lui dit Raphaël.

— Bonjour, Capitaine. Que puis-je pour vous ? interrogea-t-elle

— Deux choses, si vous voulez bien.

— Avec plaisir, si je peux vous aider. Un tantinet sous le charme, la gentille infirmière.

— Avez-vous, ce matin, touché l'enveloppe quand vous l'avez trouvée ?

— Non et de toutes façons, je portais des gants.

— Parfait. La seconde va être moins professionnelle mais tout aussi importante. Pourriez-vous acheter quelques vêtements pour Aurore ? Tittu me dit que son réveil est imminent. Je pense qu'elle se sentira mieux avec des habits classiques que dans une chemise d'hôpital. Avez-vous une idée de sa taille ?

— Excellente idée. Pour la taille, je

dirais un 42. Que souhaitez-vous que j'achète ?

– Chemises de nuit, sous-vêtements, une robe ou un ensemble, ce qui vous semblera le mieux, une veste ou un manteau, des pantoufles et des chaussures, une trousse de toilette avec tout le nécessaire féminin et un petit sac de voyage. Bref, voyez ce qui conviendra pour qu'elle se sente à l'aise parmi nous. De combien avez-vous besoin pour tous ces achats ? Mille euros suffiront-ils ? s'enquit Raphaël.

– Oh, oui, largement. Je me charge de lui procurer une garde-robe correcte. Merci, pour elle, dit-elle en prenant les billets qu'il lui tendait.

– Merci à vous, surtout. Je vois que vous aussi, vous éprouvez de l'empathie pour notre belle endormie.

– En effet. Bien, je retourne à mon rapport. A demain, capitaine. Passez une bonne journée.

– Vous aussi. A demain !

Et Raphaël s'en fut, content de la décision qu'il avait prise. A défaut de retrouver la mémoire, la jolie Aurore pourrait porter des vêtements confortables.

* * * *

3

 Ses paupières sont lourdes. Elle peine à les lever comme si une main puissante les empêchait de s'ouvrir. Elle essaye de les entrebâiller mais les referme aussitôt. Cette lourdeur qu'elle ressent, la gêne mais elle finit par les entre ouvrir. Un brouillard épais enveloppe le décor autour d'elle ; des voix assourdies lui parviennent comme un bruit ouaté. Elle ne comprend pas ce qui se dit. Et puis cette odeur qu'elle ne parvient pas à identifier. Où se trouve-t-elle ?

 La brume qui noie l'endroit commence à se dissiper tout doucement. Lentement sa vision s'éclaircit. Elle voit une blouse blanche se pencher sur elle. Une voix grave et douce parvient à son cerveau, lui aussi emprisonné dans les limbes du brouillard.

– Alors, notre Belle au bois dormant se réveille ? interroge la blouse blanche

L'esprit embrumé, elle ne répond pas, se contentant d'esquisser un rictus qui se veut un sourire. Elle ouvre les yeux et un murmure parcourt l'assistance. Deux améthystes piquetées d'ambre et d'or promènent sur les présents un regard effrayé, interrogateur. Des questions se bousculent dans son cerveau.

– Bonjour ! murmure-t-elle. Qui êtes-vous ? Où suis-je ?

Elle tente de se redresser mais retombe aussitôt. Thésie se précipite, relève la tête du lit, arrange les oreillers et l'installe de façon plus confortable.

– Belle dame, vous êtes à l'hôpital de

Saint Sauveur, répond la blouse blanche. Je suis Tittu Tomasi, médecin-chef du service des urgences. Bon retour dans le monde des vivants

– A l'hôpital ? Aux urgences ? A Saint Sauveur ? Qu'est-ce que je fais ici ?

Elle panique.

– A vous de nous le dire, demande Raphaël Monnier en s'approchant à son tour.

– Qui êtes-vous ? Elle le fixe d'un regard éperdu.

– Capitaine Raphaël Monnier, du commissariat de la ville. Pouvez-vous nous dire qui vous êtes ?

– Je m'appelle ... ! *Elle les regarde, dans ses yeux une question. Je suis... Toujours rien. Des larmes se mettent à couler le long de ses joues.* Je n'en sais rien, finit-elle par murmurer, je n'en sais rien. Je ne sais plus qui je suis. Que m'arrive-t-il ?

– Calmez-vous. Ce n'est rien, dit Tittu.

Votre amnésie est sans doute due au choc à tête que vous présentiez à votre arrivée.

– C'est horrible de ne se souvenir de

rien. Que vais-je devenir ? Elle s'agite tellement que le médecin demande à Thésie de lui administrer un calmant.

– C'est trop d'émotion pour le jour de

votre réveil, déclare Tittu. Nous allons vous laisser vous reposer ; nous reviendrons plus tard.

Tous sortent de la chambre et Thésie demeure près d'elle. Tout doucement, elle se calme, ferme les yeux et s'endort. Son visage crispé témoigne de la frayeur qui l'habite.

– Pauvre Aurore ou qui que vous soyez ! Triste retour à la vie ! pense l'infirmière en la regardant. Elle remonte le drap, débranche tous les appareils qui ne servent plus, ôte la perfusion et reprend sa place dans un fauteuil. Elle ne doit pas quitter son chevet, ordre du médecin.

La belle dort pendant deux heures et se réveille brusquement dans un cri. Thésie se précipite et l'apaise.

– Vous avez dû faire un mauvais rêve !

lui dit-elle. Auriez-vous retrouvé quelques souvenirs qui vous auront effrayée ?

– Non, toujours rien ! Le trou noir, c'est

horrible. Être là, vivante et ne plus savoir qui je suis, d'où je viens, quelle a été mon existence avant aujourd'hui. Ai-je de la famille ? Un mari, des enfants ? C'est inhumain. *Elle se remit à pleurer.*

— Ce n'est que passager, vous a dit le médecin. Soyez patiente et laissez votre cerveau recouvrer toutes ses facultés.

Aurore se calme. L'infirmière lui propose de prendre une douche.

— Cela vous fera le plus grand bien. Vous pourrez aussi mettre une chemise de nuit plus élégante que celle de l'hôpital.

Un sourire triste étire les coins de la bouche de la jeune femme.

— En effet, pour ce qui est de l'élégance, elle laisse à désirer. Mais je croyais ne rien avoir sur moi ? remarque-t-elle.

— Le capitaine Monnier m'a chargée de vous acheter quelques vêtements afin que vous vous sentiez bien.

— Il faudra que je pense à le remercier.

La douche prise, elle se sent un peu mieux. Elle a ôté de son corps toute la poussière, tous les tourments, elle reprend pied dans le quotidien. Ses magnifiques yeux, au regard si profond, semblent eux aussi avoir perdu un peu de la frayeur qui s'y lisait.

– Quel jour, quel mois et en quelle année sommes-nous ? interroge-t-elle.

– Nous sommes en 2015, le mardi 20 octobre.

– Depuis combien de temps suis-je ici ?

– Cela fait maintenant quinze jours. Vous êtes restée inconsciente tout ce temps.

– Et personne ne s'est inquiété de moi, personne n'a signalé ma disparition ?

– Non, personne. Le capitaine a consulté tous les fichiers possibles, il ne vous a trouvée dans aucun d'entre eux.

De nouveau Aurore se sent perdue, oubliée du monde entier, seule avec ce cerveau qui refuse de fonctionner normalement.

– Est-ce qu'Aurore est mon prénom ?

demande-t-elle avec l'espoir secret que ce soit le cas.

– Non, c'est le docteur Tomasi qui vous a donné celui de La Belle au Bois Dormant. Comme vous ne vous réveilliez pas, il fallait qu'entre nous, nous puissions vous identifier.

Elle se garde bien de parler du message trouvé dans sa chambre quelques jours plutôt. C'est à Raphaël Monnier de le faire.

– C'est un joli prénom. Merci à lui. Je vais me recoucher, je suis fatiguée.

– Vous devez vous reposer un

maximum afin de récupérer au plus vite, déclare Thésie qui l'aide à s'allonger. Puis elle baisse le store et une douce pénombre envahit la chambre. Aurore s'endort rapidement.

Durant les jours qui suivent son réveil, Aurore subit toute une batterie d'examens. Tous confirment que son état physique est bon. Le neurologue ne peut que constater son amnésie sans pouvoir y apporter une explication ou une solution.

– Il n'existe aucun traitement pouvant la résoudre, avait-il dit. Le cerveau est une machine complexe qui ne nous a pas encore livré tous ses secrets et en particulier ceux qui provoquent la perte momentanée ou définitive de la mémoire. Il vous faudra de la patience et du repos. En aparté, il avait confié à Tittu Tomasi qu'un choc émotionnel pouvait aussi provoquer ce retour dans son passé.

De la patience ? Du repos ? Comme cela semble simple pour lui mais pour elle ? Elle souffre de ce noir total sur sa vie passée. Que va-t-elle devenir ?

Ce matin-là, elle réfléchissait à ce futur incertain lorsque le docteur Tomasi et le capitaine Monnier entrèrent dans la chambre.

– Bonjour, Aurore ! Comment allez-vous ce matin, s'enquit l'urgentiste.

– Bien, merci.

– Je viens vous dire que votre état de santé ne justifie plus une hospitalisation et que vous pouvez sortir

– Sortir ? s'exclame la jeune femme. Mais pour aller où ? Je ne sais plus rien de ma vie d'avant, où vais-je pouvoir me rendre, vers qui me tourner ?

– Je vous propose de venir vous installer chez moi pour quelque temps.

Raphaël Monnier a parlé spontanément, rapidement, sans plus réfléchir à ce que son invitation pourrait avoir comme conséquences.

-- Chez vous ? Aurore est surprise. Vous ne savez rien de moi. Je suis

peut-être une voleuse, une tueuse, une terroriste, une personne dangereuse.

-- Évidemment que vous pouvez être tout cela mais vous êtes aussi une personne en danger. Et où mieux que chez moi, pouvez-vous être surveillée et en sécurité.

Elle le regarde, accrochant son regard violet à celui de Raphaël qui ne cille pas.

– Prenez vos affaires et filons. Nous passerons par la porte de derrière. J'ai remarqué en venant quelques personnes bizarres qui circulaient dans le hall d'entrée.

Tandis qu'Aurore se rend dans la salle de bain pour rassembler ses affaires, Tittu chuchote à l'oreille de son ami :

— Tu es fou ou quoi ? Tu sais ce que cela implique ?

— Bien sûr, mais je ne peux pas la laisser partir seule dans la nature.

— Je veux résoudre ce mystère et savoir qui elle est vraiment

— Tu es fou ou...amoureux. C'est ça ! Tu es amoureux d'elle ! J'avais remarqué à quel point tu étais attentif à ses moindres changements. Tittu s'amuse. Reste prudent, ne laisse pas tes sentiments t'aveugler.

Raphaël ne pipe mots. Son ami vient de lui ouvrir les yeux sur la vraie raison de son invitation : il est amoureux d'elle et a envie de la protéger.

Elle revient et il peut admirer son corps mince, sa démarche souple et ses yeux ! Ah ses yeux ! Il n'a jamais vu pareille couleur et cette profondeur qui vous transperce jusqu'au fond de l'âme.

– Je suis prête, dit-elle. Sa voix est douce, avec une légère pointe d'accent. Vous êtes sûr que je ne vais pas vous déranger ?

– Pas le moins du monde. Je vis seul, mon appartement est grand, vous y serez très bien et je vous aurai toujours sous ma surveillance.

– Bon, dit Tittu, voilà qui est réglé. N'hésitez à venir me voir si vous avez des problèmes quels qu'ils soient

Après avoir remercié toutes les personnes qui ont pris soin d'elle, Aurore – *elle a adopté ce prénom, faute de connaître le sien* - suit le capitaine dans les couloirs de l'hôpital. Par une porte de service, ils rejoignent la voiture de Raphaël qui démarre sans se presser. Inutile d'éveiller des soupçons !

* * * *

4

La cohabitation se déroule dans les meilleures conditions. La jeune femme s'est installée dans la chambre d'amis, une pièce spacieuse avec un grand lit, une commode et une penderie où elle a rangé les quelques vêtements achetés par Thésie. Une vue sur le lac au loin et un parc, rendent l'endroit calme et reposant.

Raphaël est un hôte attentif et prévenant. Elle s'attache à lui jour après jour. Est-ce de la reconnaissante ? Il la traite comme une femme à part entière, pas par pitié pour son état, sans aucune allusion qui pourrait la déstabiliser encore plus. Non ! Mais comme un être normal et elle lui en est obligée. Cependant elle sent bien que quelque chose de plus fort existe entre eux. Leurs rapports restent amicaux. Jamais de gestes déplacés ou d'allusions. Juste cette sensation de sécurité et de bien être qu'elle éprouve en sa présence. Jamais elle n'a ressenti cela pour un homme. La chaleur qui l'envahit lorsqu'il est près d'elle, son cœur qui bat un peu plus vite, un peu fort. Il faut dire que Raphaël est un bel homme et qu'il se dégage de lui une aura puissante et protectrice. Elle aime sa prestance, ce charisme qu'il dégage. Elle admire cette force tranquille qu'il affiche sans ostentation, de façon naturelle. Elle voit dans ses yeux l'amour qu'elle voyait briller dans ceux de son père quand il regardait sa mère. Est-ce ce que l'on appelle l'amour ? Avec le temps, elle se rend compte qu'elle s'est éprise de lui dès le premier regard.

— Les choses se feront si elles doivent se faire, pensent-ils chacun de leur côté. Laissons du temps au temps. Ils ont juste opté pour le tutoiement qui met moins de distance entre eux.

Jour après jour, le jeune homme tente de réveiller ses souvenirs. Il a commencé par le tatouage sous son bras. Il ne lui rappelle rien, pas même quand elle a pu le faire. Le message qu'il lui a fait lire n'évoque rien lui non plus.

-- Tu es certaine que Cassiopée, le tatouage ne déclenchent pas une petite lueur dans ton esprit ? Qu'ils n'ouvrent pas une petite fenêtre ?

– Non, rien, absolument rien. Mon Dieu, Raphaël, quand vais-je redevenir celle que j'étais ?

Son angoisse la reprend qu'il s'empresse de déjouer en la rassurant, lui disant que la patience et le temps en viendront à bout. Ils parlent aussi littérature, des écrivains célèbres, des écrivains contemporains. Ils visitent une exposition de peintures dans un musée de la grande ville voisine, vont à l'opéra. Ils assistent à deux concerts de chanteurs actuels, Calogero et Clara Luciani. Elle ne réagit qu'en écoutant quelques chansons d'Aznavour, Barbara ou Claude Nougaro. L'Aigle Noir l'a faite sursauter, juste un instant et puis plus rien.

Ce soir-là, elle regarde la télévision tandis que le jeune homme prend une douche. Il en sort en sifflotant tranquillement quand un cri de désespoir retentit.

– Noooooon ! Un silence puis de nouveau, non, non !

Enroulant une serviette autour de sa taille, il se précipite dans le salon. Aurore est à genoux sur le tapis et frappe le sol de ses deux poings serrés, le visage noyé de larmes qu'elle ne parvient pas à endiguer.

Il la prend dans ses bras

– Calme toi, dit-il doucement. Calme-toi. Que se passe-t-il ? Qu'est-ce qui te met dans cet état ?

– Ces fous furieux, ces assassins, ils ont recommencé et nous n'avons pas pu les en empêcher.

– De qui, de quoi parles-tu ?

– Regarde, répond-t-elle, en lui montrant l'écran.

Occupé à la calmer, il n'avait pas jeté un œil au téléviseur ni prêté attention aux hurlements des sirènes des pompiers. Pétrifié à son tour, il comprend qu'un attentat vient d'avoir lieu dans les rues d'une grande ville. Il s'assoit à son tour sur le tapis et se met à lire les bandes qui défilent, en surimpression.

– *Aujourd'hui, à 23 heures, des individus armés de Kalachnikov ont tiré sur des clients dans les bars, les terrasses ou sur des promeneurs. Menés au même moment, dans plusieurs rues de la ville, ces actes de violence ont fait de nombreux morts et blessés... La police a réagi et plusieurs de ces kamikazes ont perdu la vie.*

– Quelle horreur !

Hypnotisé, il regarde le ballet incessant des ambulances. Il entend les cris des blessés et ceux des personnes penchées sur un proche ou un ami. Soudain, il réalise qu'elle ne dit plus rien, qu'elle ne pleure plus mais qu'elle parait revenir d'une autre planète. Sa pâleur l'inquiète.

– Aurore, ma douce ! Que t'arrive-t-il ? Pourquoi dis-tu que vous n'avez pas pu empêcher ce massacre ? demande-t-il, inquiet

A son tour elle le dévisage comme s'il était un extraterrestre. D'une voix tremblante d'émotion, elle murmure

– Raphaël, je me souviens de tout. Mon

Luna Martinez, le lieutenant Luna Martinez. J'appartiens à un commando spécial, chargé de démanteler les réseaux maffieux, terroristes ou les sectes, le commando des Étoiles.

Vaincue par l'émotion, elle s'abandonne contre lui, niche sa tête au creux de son épaule et, en silence, laisse couler ses larmes.

* * * *

LUNA MARTINEZ

* *

5

Dans un dernier remous de son hélice, le « Ville d'Alger » accoste au quai de la Joliette, à Marseille. Des marins l'amarrent et installent la passerelle de débarquement. Lentement, comme hésitant à quitter le navire, un flot de passagers se déverse sur la terre ferme. Des gens aux regards perdus, aux visages baignés de larmes, des enfants effrayés, des vieillards incrédules. Un flot d'êtres silencieux, égarés, une valise à la main, contenant souvent toute leur vie, du moins ce qu'ils ont pu sauver dans cette folie d'un départ précipité vers l'inconnu.

Face à eux, sur la devanture d'un bureau d'enregistrement, une banderole flotte dans la brise marine qui l'agite.

« *Ici, c'est la France !*»

annonce-t-elle. Ils le savent bien, tous, qu'*ici, c'est la France.* Ils sont venus pour y trouver un refuge, de l'aide. Mais aucun ministre, aucune autorité n'est là pour les accueillir, leur faire savoir qu'ils sont les bienvenus. Ils ont fui un pays devenu menaçant malgré les accords passés à Evian entre le gouvernement français et le nouveau gouvernement algérien. Des représailles sanglantes les ont contraints à fuir leur terre natale. Ils ont tout abandonné : leurs maisons, leurs souvenirs, leurs morts, leur avenir, leur honneur. Et les voilà ces « repliés », ces « pieds noirs » comme les nomment les français de métropole, entassés, hagards, perdus, sur le quai d'une ville dont le maire clamera :

> *Que les pieds-noirs aillent se réadapter ailleurs, qu'ils quittent Marseille en vitesse.-*

Perdu au milieu de cette marée humaine, un couple avance lentement, entraîné par la vague des arrivants. Lui porte deux valises, elle un sac. Elle tient par la main une petite fille. Cette enfant apeurée doit avoir trois ou quatre ans ; elle serre dans ses bras un vieil ours auquel elle s'accroche comme à une bouée dans une mer agitée.

Achille et Anne Marie Charrier ont quitté Fouka, le petit village où ils sont nés, leur maison, leur famille et leurs amis. Leur petite fille sous le bras, ils ont pris le premier bateau en partance. Ils avancent dans la file qui grandit, attendant fébrilement que vienne leur tour. Enregistrement terminé, le préposé leur explique qu'il n'a aucun hébergement à leur proposer et qu'ils n'ont qu'à se débrouiller seuls. Seuls dans une ville inconnue, parmi une population hostile, les difficultés commencent.

– Prenons un taxi et faisons-nous

conduire en centre-ville. Nous y conduire en centre-ville. Nous y trouverons bien un petit hôtel, dit Achille.

– Que pouvons-nous faire d'autre ?

conduire en centre-ville. Nous fatiguée. J'aimerais pouvoir dormir.

Une longue file de taxis attend à la sortie du port. Ils ont senti la bonne occasion de prendre de l'argent à ces gens qui cachent au fond de leurs valises des liasses de billets. Alors ils doublent voire triplent le prix de la course. Ils les conduisent vers des hôtels où, là aussi, les prix ont augmenté. N'ayant pas d'autre solution, Achille et Anne Marie sont bien obligés de se plier à ces tarifs. Ils finissent par trouver une chambre dans une petite pension de famille. La patronne semble plus chaleureuse que les autres personnes rencontrées. Elle les conduit dans une chambre vaste et plutôt agréable, leur propose quelques sandwichs et de l'eau. Proposition appréciée. Un petit rayon de soleil dans la laideur du jour qu'ils viennent de vivre.

Il faut, sans cesse, recommencer les demandes de logement, essayer de trouver un travail. La rentrée des classes approche et tous les enfants des rapatriés ne pourront pas être admis dans les écoles de Marseille. Alors, nombreux sont ces êtres perdus à quitter la ville pour d'autres villages, d'autres départements.

Le jeune couple, après des semaines de demandes, de recherches, se voit attribuer un appartement dans une cité qui se construit au nord de l'agglomération marseillaise : La Castellane. Dans le même temps Achille, électricien de métier, trouve un emploi dans une entreprise de la ville. Le ciel s'éclaircit même si la détresse de l'exil les surprend encore, parfois au détour d'une phrase, d'une chanson, dans la saveur d'un plat de chez eux. Mais ils se relèvent et repartent au combat pour survivre à ce chaos.

Les mois passent ; ils s'installent dans cette nouvelle vie. La prime versée par le gouvernement leur a permis d'acheter le plus urgent : deux lits, une table, quatre chaises, une gazinière, un petit réfrigérateur et des ustensiles de cuisine.

Dans leur immeuble vivent d'autres exilés venus de Tunisie, du Maroc mais aussi du Vietnam. Parmi eux se trouvent quelques familles algériennes qui, menacées de mort, ont fui leur pays. Mais ici pas de distinction d'origine ou de religion. Ces âmes éperdues, encore troublées par le choc brutal du départ, forment un bloc d'amitié, de solidarité, d'entre-aide. A tous les étages les portes sont ouvertes et la fraternité n'est pas un vain mot.

Les femmes ont pris l'habitude de se réunir au bas de l'immeuble, dans un espace de verdure. Là elles discutent, parlent de leur village là-bas, de l'autre côté de la mer. Elles tricotent, crochètent ou brodent tandis que les enfants jouent autour d'elles. Doucement elles reprennent pied dans une nouvelle existence, sur une autre terre. Elles n'oublient pas, elles avancent.

*** * * ***

Luna se tut. Les yeux dans le vague, elle fixait l'écran du téléviseur sans vraiment voir ce qui s'y passait. Après les images des ambulances transportant les blessés vers les hôpitaux, c'était au tour des politiques de s'exprimer. Le Ministre de l'Intérieur, le Préfet de police, le commandant des pompiers, chacun y allant de l'horreur de l'attentat, du courage des forces de l'ordre et puis la promesse que « ces crimes ne resteraient pas impunis ». la formule faisant sourire Raphaël. Il prit la main de Luna.

— *Est-ce que ça va ?* s'inquiéta-t-il

— *Oui, ça va ! affirma la jeune femme. Je ne peux jamais évoquer cette partie de mon histoire sans revoir mes grands-parents et ce chagrin qu'ils éprouvaient encore après toutes ces années passées loin de leurs racines. Cet amour pour le pays de leur naissance. Ils s'étaient installés dans leur nouvelle vie, sur un autre sol mais un morceau de leurs cœurs était resté là-bas à tout jamais.* - Elle avait les larmes au bord des cils. -

— *Veux-tu t'arrêter ?* demanda Raphaël.

— *Non, je vais poursuivre.*

— *Si j'ai bien compris, Marie est ta mère,*

Achille et Anne Marie tes grands-parents maternels ?

— *C'est bien ça.*

— *As-tu des frère et sœur ?*

— *Oui, nous étions trois enfants,* répondit Luna

— *Pourquoi parles-tu au passé ?*

— *Je vais continuer mon récit et tu comprendras.*

* * * *

Achille et Anne Marie accueillent avec bonheur un nouvel enfant, un petit Bernard. Né sur le sol de France, il est pour eux la preuve de leur adaptation à cette nouvelle vie, de leurs espoirs en l'avenir.

Passent les années. Les enfants grandissent dans ce quartier dont ils ne veulent pas partir. Ils sont bien ici, entourés de gens qu'ils aiment, avec qui ils ont créé des liens d'amitié, de confiance et d'affection.

Marie, la fille aînée du couple, est devenue une belle jeune fille. Après des études au collège, elle choisit de préparer un CAP de coiffure, qu'elle réussit avec succès. Elle est bientôt embauchée par la propriétaire du salon « Planet' Hair » qui vient de s'ouvrir dans la cité.

Un matin de juin 1983, alors qu'elle ouvre la boutique, un jeune homme se présente à elle. Assez grand, des épaules larges, il a des yeux verts, pétillants de malice.

– Bonjour, Madame la coiffeuse, dit-il en souriant.

– *Tiens ! pense-t-elle. Un petit plaisantin qui veut jouer à la marchande.* Bonjour, Monsieur le client ! Que puis-je pour vous servir ? répond-telle, en entrant dans son jeu.

Ils se regardent et éclatent de rire.

— Je voudrais savoir si vous pouvez remettre de l'ordre dans cette tignasse qui refuse de se discipliner.

— Eh bien ! Je vais voir ce que je peux faire. Installez-vous, dit-elle en lui montrant un siège sous un bac à shampoing.

De sa position au-dessus de l'homme, elle peut l'étudier sans détour. Il a fermé les yeux et elle admire la longueur de ses cils, son teint bronzé, la finesse de son nez et la courbe de ses joues.

— Bel homme, pense-t-elle.

Sous les doigts de Marie qui lavent ses cheveux, il frémit de plaisir et lorsqu'elle lui masse doucement le cuir chevelu, il se laisse aller à un doux abandon.

Ils passent ensuite devant un grand miroir qui les reflète tous les deux et leurs regards s'accrochent. Elle rougit un peu sous ces yeux d'émeraude qui semblent lire dans ses pensées. Lui aussi est troublé par le joli minois de la coiffeuse et son sourire.

– *Attirante, la demoiselle, pense-t-il. Elle me plaît. Cela fait longtemps que son cœur n'a pas vibré si fort devant une femme.* Ne me les coupez pas trop court, demande-t-il lorsqu'elle approche les ciseaux d'une première mèche. Il va bientôt neiger et je ne veux pas avoir froid aux oreilles.

– Vous êtes un petit marrant, rétorque-t-elle en riant. Elle poursuit sa coupe. Satisfait, il paie et sort, en la saluant d'un simple « A bientôt ! ».

Elle pense à lui toute la journée et puis se dit qu'elle ne sait pas qui il est, qu'elle ne le reverra plus jamais. Tant pis ! Aussi, qu'elle n'est pas sa surprise de le retrouver au bas de son immeuble en rentrant de son travail...

– Bonsoir, Madame la coiffeuse ! Lance-t-il gaiement

– Vous alors, vous êtes incroyable ! Comment savez-vous où j'habite ? demande-t-elle surprise.

– J'ai tout un réseau d'informateurs, chuchota-t-il, mystérieux. Je suis un agent secret déguisé en client pour mieux vous manger, mon enfant.

De nouveau, ils rient des facéties du jeune homme. Redevenant sérieux

– Je ne pouvais pas vous laisser

disparaître de ma vie sans savoir qui vous êtes. Je me présente. Joaquim Martinez, j'habite le bâtiment A et je suis employé à la mairie de Marseille, au service des espaces verts.

– Ravie de vous rencontrer, Joaquim Martinez. Je suis Marie Charrier, coiffeuse de son état, j'habite la tour K. Mais je pense que vous saviez déjà tout ça, n'est-ce pas, agent secret OSS 117 ?

Une idylle commence qui se concrétisera deux années plus tard par un mariage.

* * * *

De nouveau, le silence envahit le salon. Luna était immobile, son verre vide à la main. Sur l'écran les images terrifiantes avaient disparu. Un groupe de journalistes discutait des événements de la soirée. Elle ne les entendait pas, perdue dans l'évocation de ses souvenirs. Raphaël ne dit rien, attendant qu'elle poursuive son récit. Puis, il murmura

— *Tes parents étaient très amoureux,*
n'est-ce pas ?

— *Oh, oui ! Très amoureux, répondit-elle.*

Elle sourit en se rappelant cette tendresse qu'ils se manifestaient jour après jour, dans les bons et les mauvais moments. Et des mauvais moments, il y en eut quelques-uns mais jamais leur amour ne sombra. Bien au contraire, ils en ressortaient plus forts. Sauf la dernière fois.

Il vit son menton trembler, la voix cassée par l'émotion et son regard s'éteindre.

— *Nous allons faire une pause et je vais*

nous préparer quelque chose à grignoter, dit-il d'autorité. Tu devrais en profiter pour aller te rafraîchir. Et il posa ses lèvres sur ses mains. Va, ma douce.

— *Tu as raison, l'eau me fera du bien. Je* ne serai pas longue. Il me faut aller au bout de mon histoire.

Elle se leva et il la regarda s'éloigner, épaules affaissées comme sous le poids d'un fardeau trop lourd pour elle.

Tandis qu'il confectionnait quelques sandwichs, il entendit la douche couler.

— *Que s'est-il passé dans ta vie pour que* tu sois aussi perturbée, une écorchée vivante ? Tu fais la forte mais tu ressembles en ce moment à un petit oiseau blessé qui cherche un refuge.

Elle revenait, vêtue d'un pyjama d'intérieur, elle semblait un peu plus détendue.

— *Cette douche m'a fait du bien. Et tes sandwichs sont appétissants,* apprécia-t-elle

— *Je pensais bien que la chaleur de l'eau te détendrait un peu. Pour le repas, j'ai fait de mon mieux avec ce que j'ai trouvé dans le frigo. Un verre de vin,* proposa-t-il en montant la bouteille qu'il venait de déboucher.

— *Avec plaisir. Ensuite je continuerai mon histoire.*

— *Remettons à demain si tu te sens trop fatiguée. Je peux attendre.*

— *Non, il me faut tout te dire ce soir. Demain, nous aurons autre chose faire et ce ne sera pas une partie de plaisir, crois-moi.*

Elle avala une bouchée de son sandwich et se tournant vers Raphaël, demanda

— *Es-tu prêt à entendre la suite ?*

Comme il acquiesçait, elle reprit le fil de sa narration.

* * * *

Pour être un beau mariage, c'est un beau mariage. La famille au grand complet, les amis, les voisins sont tous là, endimanchés, souriants, heureux. Les hommes ont sorti costume et cravate, les femmes leur plus belle robe. Certaines ont même osé chapeau et talons hauts. Dans les étages, sur les balcons, les curieux se pressent pour voir sortir la mariée.

Radieuse dans une superbe robe blanche, un long voile sur les cheveux et un joli bouquet de roses en mains, elle apparaît et s'avance vers la voiture sous un tonnerre d'applaudissements. Cérémonie simple mais émouvante. Tout le cortège se rend ensuite dans une salle décorée pour le repas et la fête qui suivra. On y danse jusque tard dans la nuit. Mais les jeunes mariés se sont éclipsés depuis longtemps. Ils ont autre chose à fêter.

Marie travaillant toujours dans le salon « Planet'Hair », les jeunes époux ont décidé de rester dans la cité. Ils louent, au quatrième étage de la tour, un petit appartement qu'ils ont aménagé en nid douillet où ils aiment à se retrouver le soir.

En 1987, un bébé s'annonce pour leur plus grand bonheur. Naît un petit garçon qu'il prénomme Romain. Leur vie s'organise autour de ce petit être, symbole de leur amour. Quand Marie reprend son travail, ce sont les deux mamies qui s'occupent de lui à tour de rôle. Que demander de plus ? L'existence se déroule sans souci, paisiblement.

En 1991, c'est une petite Luna, qui vient agrandir la famille. Marie avait craint de ne plus avoir d'enfant. Un cadeau lui est donné avec cette ravissante poupée. Un petit cœur de plus à aimer et de l'amour, ils en ont.

En 2001, lorsque Marie se retrouve enceinte, c'est la surprise. Un bébé à son âge ! Ils hésitent à le garder mais le médecin consulté, leur explique qu'avec une surveillance régulière, une bonne hygiène de vie, les risques sont limités. Et puis, elle a déjà eu deux enfants ! Alors ils acceptent ce don du ciel et décident de prendre un appartement plus grand. On leur en propose un, au dixième étage. La vue sur la mer est superbe. Un petit Théo né en juillet. Plus rien ne manque à la famille. Les deux plus grands adorent leur petit frère, un bébé heureux, plein de vie et sage. Ainsi se passent les années suivantes, dans le calme, la tranquillité et le bonheur.

Et puis lentement la cité se dégrade. Sans emploi, les jeunes deviennent de plus en plus agressifs. Ils squattent les halls des immeubles, détruisent les boîtes aux lettres, mettent le feu aux poubelles, provoquent des pannes d'ascenseur. Progressivement, les commerces ferment. Les médecins menacés, vont s'installer ailleurs. Même les associations qui s'occupaient des enfants ou des personnes en difficulté finissent par baisser les bras et tirent leur rideau les unes après les autres. Surnommée « La Cité interdite », elle se fait de plus en plus violente, devenant au fil des ans l'une des plus brutale de la ville. Les dealers investissent la tour K où vivait Zinédine Zidane, le grand footballeur ; elle devient dangereuse. Il est fréquent que des règlements de compte se passent dans les allées de la cité. Un vrai labyrinthe pour la police, les pompiers qui ne peuvent y accéder sans se faire caillasser. C'est un lieu de non droit où il faut parfois montrer sa carte d'identité pour rejoindre son appartement.

La famille Martinez décide de quitter son logement et de s'éloigner de toute cette violence. Des tirs de kalachnikov retentissent parfois, guerre entre dealers pour la conquête d'un territoire ou représailles qui ajoutent à l'insécurité. Marie est toujours inquiète. Lorsque Théo va faire du vélo au pied de la tour, elle exige que l'un des deux grands l'accompagne.

En cette fin après-midi de juillet, il fait encore très chaud dans les maisons et Théo demande à aller s'amuser en bas. Luna descend avec lui et s'installe dans un coin ombragé pour lire. Soudain, dans un crissement de pneus maltraités, une voiture surgit. De l'intérieur, un tireur balaye les lieux d'une rafale de mitraillette, visant un groupe de jeunes. Une balle perdue atteint

Théo qui tombe, tué sur le coup, sous les yeux de sa sœur

pétrifiée, impuissante. Le petit corps gît sur les cailloux de l'allée. Gentil garçon, intelligent, travailleur et doué, Théo s'en est allé. Il venait d'avoir dix ans.

* * * *

7

– *Voilà tu connais toute l'histoire, mon histoire ou presque.*

– *Oh, mon Dieu, ma douce. Quel* malheur pour ta famille. La mort d'un enfant est terrible mais dans de telles circonstances, ce doit être encore plus affreux.

– *Tu ne peux imaginer combien. Ma* mère est devenue folle, elle ne s'est jamais remise de cette douleur, si tant est qu'on puisse s'en remettre jamais. Nous avons déménagé mais il était trop tard pour elle. Elle s'est laissé mourir de chagrin et mon père, à son tour, a fait une dépression dont nous avons craint qu'il ne relève jamais.

Raphaël la prit dans ses bras et caressa ses cheveux.

— Et toi, demanda-t-il.

— Tu peux imaginer mon sentiment de culpabilité. C'est sous ma surveillance que ce malheur est arrivé.

— Tu ne devais pas, tu ne dois pas te sentir responsable. Comment aurais-tu pu prévoir cette fusillade ?

— Je le sais bien mais malgré tout cette pensée ne me quittait pas.

— Qu'as-tu fait, alors ?

— Je venais de terminer ma licence en droit avec l'intention de m'établir comme avocate dans la cité et d'y aider les gens dans leur quotidien. J'ai changé *d'orientation, du tout au tout, et suis rentrée à l'école de police.*

— Nous avons eu le même parcours, remarqua-t-il en souriant.

A son tour, elle eut un sourire un peu triste.

— Mais moi, j'ai été sollicitée pour intégrer un commando spécial chargé de combattre ces voyous qui pourrissent la vie des honnêtes gens.

— Oh ! La crâneuse ! Jamais entendu parler de ce commando. Tu es sûre qu'il existe, dit Raphaël, moqueur

— C'est normal. Il doit rester secret afin de pouvoir fonctionner sans risque.

— Je comprends mieux pourquoi ta disparition n'était mentionnée nulle part. L'anonymat le plus complet.

— Oui, une façon de protéger tous nos

agents. Infiltrer ce genre de réseau est un danger permanent, répondit Luna.

— Ce message est donc celui d'un de tes camarades.

— C'est ça. Il est d'Orion, mon binôme. Il me fait savoir qu'il est vivant et me dit de ne pas abandonner, que de la réussite de notre mission, dépend la vie de plusieurs personnes.

— Te rappelles-tu ce qui t'est arrivé pour te retrouver inconsciente au bord du lac ? Et cet argent que tu avais sur toi ?

— Oui, je me souviens de tout. Mais si tu veux bien, je te dirai tout demain. Une bonne nuit de sommeil me fera du bien et peut-être pourras-tu m'aider à terminer ce que j'ai commencé. Elle déposa un doux baiser sur ses lèvres. Merci Raphaël d'être là pour moi.

Il la serra dans ses bras, sentant avec volupté la chaleur de son corps mais le moment aurait été mal venu d'aller plus loin.

– Dors, ma douce. Repose-toi. Demain sera un nouveau jour pour nous deux et je te promets d'être à tes côtés si tu veux de moi.

* * * *

LE COMMANDO DES ETOILES

✶ ✶ ✶

8

Chaque fois qu'elle évoquait cette terrible journée où la vie de sa famille avait basculé dans l'horreur, Luna éprouvait un sentiment étrange où se mêlaient la culpabilité, le chagrin et la colère.

— Je n'avais même pas de haine envers ces individus qui n'hésitaient pas à prendre le risque de tuer des innocents juste pour conquérir un territoire et y implanter leur juteux commerce. Non, rien que de la colère, une colère froide. Ce n'était même pas une envie de vengeance mais un besoin immense de mettre ces voyous sous les verrous, de les faire disparaître de nos vies afin que plus *jamais un enfant innocent ne tombe sous leurs balles aveugles.*

Raphaël, silencieux, écoutait.

– Pour avoir mené parfois des enquêtes dont la victime était un enfant ou un adolescent, je peux mesurer ta colère et imaginer l'immensité de ta peine.

* * * *

Ce mois de juillet 2011 est particulièrement chaud. Dans les appartements, les habitants sont à la recherche du moindre souffle d'air. Même dans les derniers étages, il est difficile d'avoir un peu de fraîcheur. En fin d'après-midi, Théo qui s'ennuie à mourir, en a assez de regarder la télévision ou de jouer avec sa tablette.

– Luna, s'te plaît, emmène-moi faire du

vélo. Je te promets de rester près de toi mais j'en ai marre d'être là, sans rien faire. L'an prochain, je partirai en colonie.

La jeune fille soupire, prend un livre et accepte de descendre avec lui.   « jamais seul en bas, a recommandé maman ! »

– Allez, petit monstre. On y va ! Mais tu resteras près de moi, que je te voie tout le temps.

– Merci, merci, dit Théo, heureux de pouvoir se dépenser un peu. Promis, je n'irai pas trop loin.

Ils mettent le vélo dans l'ascenseur qui, Ô miracle, fonctionne. Il était en panne depuis trois semaines. Comme souvent dans la cité, les réparateurs sont contraints d'intervenir sous la protection de la police.

Au bas de la tour, un groupe de jeunes aux allures douteuses, est assis sur les marches de l'entrée ou sur des sièges fatigués. Ils discutent à voix basse. Lorsque Luna passe près d'eux, elle est accueillie par des sifflotements désagréables. Elle en connaît certains avec qui elle était en classe en primaire. Chômeurs depuis toujours, ils se sont tournés vers l'argent facilement gagné à servir de chouf, de receleurs et même de pourvoyeurs. Pourquoi aller travailler alors qu'en squattant le bas de la Tour, ils gagnent leur vie sans effort.

Luna les ignore et va s'installer un peu plus loin, sous un arbre qui a résisté à la désertification des lieux. Disparus les quelques espaces verts qui occupaient les terrains entre les différents blocs. Les enfants jouent parfois au bas des immeubles sur des aires caillouteuses. La cité est devenue un vaste espace lunaire. Théo pédale avec ardeur, tout heureux de cet instant de liberté.

La jeune fille cesse sa lecture et le regarde. Elle réfléchit à son avenir à elle. Elle vient d'achever sa licence en droit et s'interroge sur son choix pour la prochaine rentrée. Elle aimerait devenir avocate et s'installer dans sa cité, celle où elle vit depuis sa naissance, où vivaient ses grands-parents, où travaille sa mère. Elle ressent le besoin de venir en aide à tous ces oubliés. Loin de tout, isolée de la ville par manque de transport en commun, rongée par un taux de chômage plus élevé qu'ailleurs et, depuis quelques années, gangrenée par la drogue, la Castellane se meurt doucement. Il est devenu fréquent d'entendre des tirs de kalachnikov, des courses folles de voiture. Les pompiers, appelés pour des feux de poubelles, tout comme la police, sont accueillis par des jets de pierres. Des espaces de non droit se sont progressivement implantés. Que faire contre ce genre de situation, sinon déménager ?

Afin de pouvoir exercer ce métier qui la tente, elle a décidé de s'inscrire en Master 1, en droit pénal pour la prochaine année. Elle sait qu'il lui faudra trouver un emploi étudiant afin de soulager ses parents. Ils travaillent dur tous les deux et ils ont encore Théo à élever. Il n'est qu'en sixième, le chemin est encore long.

– Comme il est beau, mon petit ange,

pense-t-elle en le regardant pédaler autour d'elle.

C'est en effet, un bel enfant, grand pour son âge. Il a des yeux sombres ourlés de longs cils, une peau mate, dorée par le soleil. Il est un élève sérieux, travailleur et très intelligent.

– Certainement le plus doué de nous trois, pense-t-elle. Vivement que nous puissions déménager de cet endroit pourri qu'il puisse s'amuser dans un jardin sans aucune crainte.

Son père leur a déniché, dans le quartier de Montolivet, une petite maison avec un jardin. C'est un endroit calme qui doit son nom aux nombreuses plantations d'oliviers qui y poussaient, aujourd'hui disparues. Marie devra quitter son emploi au salon de coiffure mais, comme la rassure Joaquim, les deux grands terminent leurs études et assument leurs dépenses avec un petit boulot étudiant. Il ne leur reste plus que Théo. Ils s'en sortiront comme toujours. Ils emménageront en septembre, le temps d'effectuer quelques travaux de rénovation et de peinture. La famille est aux anges de pouvoir enfin quitter cet enfer. Les parents de Marie sont décédés et pour ceux de Joaquim, seule vit encore sa maman. Ils ont décidé qu'elle vivra avec eux. Pas question de la laisser dans ce quartier et encore moins de la mettre en maison de retraite.

Luna sort soudain de sa rêverie. Elle ne voit plus Théo, elle regarde autour d'elle et le voit devant l'entrée de la tour, passant devant le groupe installé sur les marches. Elle lui fait signe de revenir. Au même moment le crissement des pneus d'un véhicule lancé à toute vitesse résonne. Une grosse voiture s'engage dans l'allée, ralentit devant les hommes, surpris. De l'intérieur, un tireur arrose le groupe d'un tir nourri et le 4x4 disparaît aussi rapidement qu'il est apparu. Sur les marches gisent deux corps. Luna, affolée, le cœur étreint d'une terrible angoisse, court vers l'entrée de la tour.

Baignant dans une mare de sang, le petit garçon gît à côté de son vélo. Une balle l'a touché en plein cœur. A genoux devant le corps de son petit frère, la jeune fille le prend dans ses bras et se met à le bercer. Pas une larme ne coule, pas un cri de sort de sa bouche. Elle se balance avec ce petit être encore tout chaud. Les yeux fermés, il dort. Elle n'entend pas les sirènes qui brisent le silence qui s'est installé. Elle ne voit pas les gens qui l'entourent. Elle berce Théo qu'un marin-pompier lui retire avec douceur. Elle reste sans réaction quand un autre la relève et l'assoit. C'est un cri inhumain qui la ramène à la réalité. Sa mère vient d'arriver et hurle de douleur. Elle a entendu la rafale de mitraillette et est accouru aussitôt.

* * * *

9

Le lendemain, après un petit déjeuner pris ensemble, Luna, avec une émotion palpable, reprit son récit.

– Inutile que je te décrive les jours qui ont suivi. Ma mère, folle de chagrin, a fait un malaise et a dû être hospitalisée plusieurs jours. Les médecins l'ont endormie afin de l'empêcher de souffrir. Ce furent des moments hors du réel. Personne ne pouvait admettre la mort d'un enfant dont le seul tort avait été de se trouver au mauvais endroit, au mauvais moment. Comment accepter l'inacceptable ? Existe-t-il de plus atroce douleur, pour une mère, que la mort d'un enfant ?

Blottie contre Raphaël, la jeune femme poursuivait son histoire mais cette fois sans larme, la voix dure.

— Lors de l'enterrement, ma mère s'est de nouveau effondrée. Couchée sur le petit cercueil qu'elle entourait de ses bras, elle refusait qu'on le mette en terre. Il fallut toute la force de mon père pour l'en détacher. Elle resta à genoux sur le sol, regardant, sans la voir, disparaître la bière dans le trou noir, puis les roses blanches et les poignées de terre jetées par l'assistance. Plus jamais elle n'a retrouvé sa joie de vivre. Nous avons déménagé. Mon père pensait que la nouvelle maison, le nouveau quartier l'aideraient à aller mieux mais l'amélioration de son état ne fut que de courte durée et il fallut de nouveau l'hospitaliser dans une unité psychiatrique. Elle n'en ressortira jamais.

Ne sachant comment apaiser un tel chagrin, Raphaël se contentait de la serrer contre lui et de caresser ses cheveux.
Elle poursuivit.

* * * *

La famille Martinez décide de quitter la cité. Ils fuient cet endroit devenu pour eux un chemin de croix chaque fois qu'ils franchissent la porte d'entrée de la tour. Bien que les travaux ne soient pas totalement achevés, ils emménagent dans ce petit pavillon loin de la folie de la cité. Prise par les cartons à faire et à défaire, Marie semble aller un peu mieux. La réalité la rattrape lorsqu'elle trouve, oublié au fond d'une boite, le vieil ours en peluche de Théo. Luna, Romain et leur père avaient donné tout ce qui pouvait évoquer le petit garçon, Nounours leur avait échappé. Le chagrin revient en boomerang et Marie s'effondre à nouveau. Elle ne mange plus, ne dort plus. Elle erre dans la maison, berçant la peluche, lui fredonnant les comptines chantées à son fils lorsqu'il était bébé. Le médecin consulté, préconise une hospitalisation en HP*, seul endroit où elle aura un suivi adapté à son état. Un crève-cœur pour eux tous mais Marie n'est plus là. Son esprit s'est envolé pour rejoindre Théo dans les cieux. Alors s'organise autour d'elle le cocon de l'amour. Ils se partagent les jours de visite, la promènent dans le parc lorsqu'il fait beau, lui parlent de leur vie d'avant, lui racontent des moments de joie, de fous rires. Ils pensent raviver sa mémoire avec des photos mais rien n'y fait. Le regard vide, elle fixe sans les voir ces clichés d'eux tous. Elle est loin, si loin. Après chacune de ses visites, Luna rentre dévastée. Voir sa maman chérie décliner lentement lui déchire le cœur et ne fait qu'augmenter sa colère et sa rage. Lorsqu'arrive la date de la rentrée en fac pour son Master, elle renonce. Elle a, tout au long des jours, pesé le pour et le contre afin de choisir la bonne orientation. En ce dimanche de novembre, alors que tous reviennent du cimetière, elle annonce à la famille réunie sa décision

— Je me suis inscrite à l'école de police.

— Pourquoi ce choix ? demande son père

surpris. Ne voulais-tu pas devenir avocate pour aider les plus faibles d'entre nous ?

— Oui, papa ! C'était mon choix de

départ et puis la mort de Théo a tout remis en question. Voir l'état de maman se détériorer jour après jour, a rallumé en moi ce besoin de faire disparaître ces êtres malfaisants de notre environnement. Et c'est la police qui m'en donnera la possibilité.

— Tu veux te venger en quelque sorte ?

— Non, papa ! Bien au contraire ! Me

venger serait ne m'en prendre qu'à cette bande de voyous qui sévit au bas de la tour. Non ! Je veux les affronter tous, partout où ils se trouvent dans le pays et même ailleurs s'il le faut. Je rejoins l'école des officiers de Cannes-Écluse, en Seine maritime, à la fin du

 mois.

– Si vite ! s'exclame Joaquim, des larmes plein les yeux.

– Va ma fille ! lui dit mamie Angelina. Suis ce que ton cœur te dicte. Surtout ne renonce pas si tel est ton souhait. Pars tranquille, je prendrai bien soin de ces deux hommes.

– Je le sais, mamie. C'est pourquoi j'ai choisi de partir. Tu seras là pour veiller sur eux et leur rendre la vie la plus douce possible. Je sais aussi, dit-elle en se tournant vers Romain et Joaquim, que vous serez près de maman pour lui manifester tout votre amour par votre présence, même si elle ne vous reconnaît plus. Je pense que malgré tout, elle y trouve un peu de réconfort. Et puis je reviendrai à chaque vacance. Vous serez fiers de moi. Et toi, Romain ! Tu ne me dis rien ?

– Je dirai comme mamie ! Suis ton

chemin et accomplis ce que tu penses être ton devoir. Je suis heureux pour toi ! répond-t-il en la serrant dans ses bras. Tu as fait, de ta douleur, une arme de combat, alors bats-toi !

* * * *

— *C'est ainsi que j'ai intégré ENSP avec la promotion 2011. Je pense que tu connais l'endroit ?*

— *Pour ça oui, je connais. Et dis-moi, nous avons dû nous croiser. Je suis de la promotion 2010. J'en partais quand tu y entrais, notre promo accueillant les petits nouveaux.*

— *Sans doute !* dit-elle. *Mais j'avoue ne pas t'avoir repéré parmi tous ces beaux officiers, si fiers dans leurs uniformes tout neufs.* Elle souriait.

— *Un sourire enfin !* pensa Raphaël, *et un peu d'humour. Cela va lui faire du bien de parler d'autre chose.*

Elle poursuivit.

— *Pendant ces trois jours, ce furent des moments remplis d'émotion. Nos premiers pas pour nous, futurs officiers. La cérémonie des premiers contacts, l'étape incontournable de l'habillement pour un équipement complet à notre taille, les ateliers de découvertes et puis « les journées marathon » pour une première prise de contact avec ce que serait notre futur à l'école.*

– Tu es donc retournée à Marseille,

auprès de ta famille pour attendre la rentrée de janvier.

– Oui, je n'ai pas perdu de temps. Sitôt libérée, j'ai pris le premier TGV. Tu imagines la joie des miens et les questions qui s'en suivirent.

– J'imagine tout à fait. Je suis passé par le même interrogatoire familial.

Cette fois, elle rit franchement, toute peine oubliée pour un temps.

* * * *

10

Passée la prise de contact avec l'école, Luna regagne Marseille. Dans la petite maison, la vie s'est organisée autour de mamie Angelina qui gère son petit monde avec douceur mais fermeté. Romain travaille maintenant à Vitrolles. Après son BTS en alternance, il a trouvé un emploi dans l'entreprise d'électricité où il a effectué son stage. Joaquim, lui, poursuit son travail aux espaces verts de la ville. Il consacre son temps libre à visiter Marie. C'est toujours pour lui un crève-cœur de la voir mais elle reste l'amour de sa vie.

Lors d'une visite à sa maman, la jeune fille la trouve très amaigrie et totalement éteinte. Elle s'inquiète et demande à voir le médecin qui s'occupe d'elle. Elle veut connaître son avis.

– Votre maman ne va pas bien. Elle ne se nourrit plus, ne dort qu'avec des somnifères. Son état physique se dégrade de jour en jour et je crains le pire. Je m'apprêtais à convoquer votre père. Il vous faut vous préparer à son départ.

– Mon dieu, non ! Pas maman ! Luna est effondrée. Vous ne pouvez rien faire ?

– Nous l'alimentons par sonde gastrique mais sans résultat satisfaisant. Son corps refuse toute aide. Elle a atteint le point de non-retour et se laisse mourir.

– Combien de temps lui reste-t-il ?

– Je dirais quelques semaines, pas plus.

Le couperet est tombé, Luna s'effondre. Elle remercie le docteur de sa franchise et rejoint le pavillon. Il lui faut annoncer la nouvelle au reste de la famille. Il lui faut trouver les mots, choisir le moment. Quelle terrible mission à accomplir. Dans son fauteuil, Joaquim se tait, pétrifié, Romain sort dans le jardin pour cacher ses lames et mamie Angelina sanglote doucement.

Marie s'éteint un soir, entourée de sa famille. Prévenus par le médecin, ils ont été autorisés à être présents et c'est entouré de ceux qu'elle aimait et qui l'aiment qu'elle quitte ce monde de douleur et rejoint son enfant chéri.

Là encore de durs moments à passer. Joaquim ne sort pas de sa souffrance, il reste muet, il traîne sa peine comme un boulet attaché sur son cœur.

— Il va falloir le surveiller, demande

Luna à Romain et mamie Angelina. Je crains qu'il ne fasse une dépression. Je vais devoir repartir, je compte sur vous deux pour ne pas le lâcher.

— Nous veillerons sur lui ! Pars sans inquiétude. Nous serons vigilants. Il va reprendre le travail, ses collègues sont très attachés à lui, ils l'aideront de leur mieux.

— Prévenez-moi à la moindre alerte ! Je compte sur vous.

Dans le TGV qui l'emporte vers Cannes-Écluse et l'école de police, Luna, réfugiée dans les toilettes, ne peut retenir ses larmes.

— Vais-je tenir le coup ? s'interroge-t-elle.

Et puis les images de Théo, allongé sur le sol et celles de sa mère dans son cercueil, le visage apaisé, lui redonnent du courage et la confortent dans son choix.

* * * *

Le 3 janvier 2011, Luna intègre l'ENSP. Elle occupe une chambre à l'intérieur de l'école, bien pratique de ne pas avoir à chercher à se loger ailleurs. Les études dureront dix-huit mois au cours desquels alterneront cours théoriques et stages en situation. Dans différents commissariats, les stagiaires observent, se déplacent sur le terrain, participent à la vie de toute la brigade.

Luna apprécie particulièrement ces passages, ces mises en situation. Tous les rapports qui remontent à l'école sont élogieux. Ils vantent sa détermination, son implication, son sens des responsabilités ainsi que son esprit d'initiative. Elle étudie avec rigueur, avec une volonté sans limite. Sa formation arrivant bientôt à son terme, elle révise avec application pour l'examen final. De sa place dépendra le choix de son affectation.

* * * *

Elle a effectué son dernier stage dans le commissariat du 15ème arrondissement de Marseille, proche de La Castellane. Elle a accompagné les équipes dans quelques descentes dans la cité et revu certains de ces désœuvrés qui pourrissent la vie des habitants du quartier. L'un d'eux, avec qui elle était en classe, l'a reconnue et l'a apostrophée d'un :

— Salut Luna ! T'es devenue keuf,

maintenant ? J'aimerais bien que tu me passes les bracelets ! Il riait d'un rire gras, la provoquant par son attitude vulgaire.

C'est Djilali. Elle était en classe de CM2 avec lui. Il était déjà un enfant désagréable et insolent. La jeune femme ne lui répondit pas, se contentant de le foudroyer d'un regard qui le fit taire et cesser ses moqueries.

Elle avait gardé de son dernier passage dans ce commissariat une drôle d'impression, un sentiment d'insécurité, la certitude qu'il fallait venir à bout de ces voyous qui se pensent intouchables.

Le 19 mars 2012, se produisaient les attentats de Toulouse et de Montauban. La tuerie aveugle d'un fou de dieu qui n'hésita pas à tuer trois enfants juifs dans la cour de leur école. Elle ressentit alors cette même colère froide qui l'avait saisie lorsque Théo était tombé sous les balles d'un tireur, venu éliminer des concurrents.

****

Elle sort major de sa promotion. Son travail acharné lui vaut les félicitations de tous ses formateurs. Elle n'a pas encore décidé quelle région ni quelle ville choisir.

Il ne lui reste que quelques jours pour donner sa réponse quand, un matin, le directeur la fait demander dans son bureau. Surprise, elle se rend à sa convocation.

– Colonel, dit-elle en saluant son

supérieur. Vous m'avez fait demander ?

– Martinez, entrez. Je vous présente

le Colonel De Côme. Mon Colonel, voici le lieutenant Luna Martinez dont je vous ai parlé.

La jeune femme découvre un militaire debout près de la bibliothèque. Grand, des épaules larges, des muscles que l'on devine puissants sous son uniforme. Il pose sur elle un regard d'un bleu profond qui vous sonde jusqu'au fond de l'âme. Luna est impressionnée.

— Enchanté de vous rencontrer, Lieutenant, dit le colonel en lui tendant la main.

— Colonel, dit Luna en serrant la main tendue.

— Lieutenant, le colonel a une proposition à vous faire. Je vous laisse en discuter. A plus tard.

— A plus tard, Berthier.

La porte du bureau se referme, laissant seuls le colonel De Côme et Luna. Il l'invite à s'asseoir.

— Je sais que vous êtes major de la

promotion 2012. Je vous félicite.

– Merci, Colonel.

– Bien, comme je suppose que vous vous interrogez sur les raisons de votre présence ici et la mienne, je ne vais pas tourner autour du pot. Je suis chargé de former une équipe très spéciale. Je recrute les meilleurs éléments de chaque unité et vous en faites partie.

– Je suis honorée de ce choix, répond Luna, surprise. Puis-je savoir quel sera le rôle de ce groupe ?

– Vous comprendrez que je ne peux rien vous dire. Vous devez accepter, ou refuser, sans rien connaître. La seule chose que je peux vous révéler, c'est que ce sera un groupe d'action et d'après votre dossier, j'ai cru comprendre que vous aimez ça.

— En effet, Colonel. J'aime agir. M'installer derrière un bureau, très peu pour moi.

— Je vous laisse réfléchir jusqu'à dit-il en lui tendant une carte de visite, demain. Joignez-moi à ce numéro, quel que soit votre choix.

— Vous aurez ma réponse. Mes respects, Colonel., dit-elle en le saluant.

— A demain. Je compte sur vous et serais heureux que vous acceptiez., répond-t-il en lui rendant son salut.

Une vigoureuse poignée de mains et Luna se retire.

Toute la nuit elle tourne et retourne la question. Une unité spéciale, de l'action ? Elle est attirée par ce mystère et l'envie d'en savoir plus. Au lever du jour, sa décision est prise, elle appelle le colonel De Côme.

* * * *

Luna lève les yeux vers Raphaël, le regarde et murmure :

— *Ce que je vais te révéler maintenant est top-secret. Tu ne dois jamais rien mentionner qui puisse compromettre notre commando.*

— *Tu as ma promesse que je ne soufflerai mot à personne d'autant plus que ta sécurité en dépend aussi. Et je ne tiens pas à te mettre en danger.*

— *Alors écoute !*

* * * *

– Colonel De Côme, dit-elle. Lieutenant Martinez. J'accepte votre proposition.

– Très bien, je l'espérais. Faites vos bagages et rejoignez-moi, à Paris, au ministère des Armées, place Balar, demain, à dix heures.

– J'y serai, confirme Luna..

– Présentez-vous à l'accueil. Un badge vous sera remis et quelqu'un vous conduira jusqu'à moi. A demain, lieutenant.

– A demain, Colonel.

Le lendemain, à dix heures précises, la jeune femme se présente au ministère de la Défense. Elle a revêtu son uniforme N°1. Elle est superbe dans cette tenue de parade et le chapeau lui va à ravir. Un jeune sergent la prend en charge et la conduit dans une grande salle.

– Le colonel vous rejoint dans un instant, Madame. Bonne journée.

Il la salue, tourne les talons et ressort. Elle se trouve dans une salle de réunion meublée d'une grande table, de nombreux sièges, d'un écran télé et d' un paperboard. Son regard se porte enfin sur un groupe de personnes qui discute dans un coin. L'un d'eux s'approche et se présente :

— Capitaine Lemarchand. Je pense, Lieutenant, que vous êtes, comme nous tous, convoquée par le Colonel De Côme ?

— Bonjour Capitaine, bonjour à vous toutes et tous. En effet, le colonel m'a recrutée sans me dire quoi que ce soit. Et vous, avez-vous plus de renseignements ? interroge-t-elle à la ronde.

— Pas davantage, répondent les présents. Chacun se présente ! Ils sont douze en tout, six femmes et six hommes. Tous lieutenants ou capitaines sauf un qui est adjudant-chef et un peu plus âgé que les autres. Ils appartiennent soit à la gendarmerie soit à la police. L'adjudant-chef vient de la Légion Étrangère.

– Bien ! Attendons le colonel pour en apprendre un peu plus.

La porte s'ouvre et le colonel apparaît en compagnie d'un commandant.

– Garde à vous, lance le capitaine Lemarchand. Chacun s'exécute d'un même mouvement.

– Repos, jeunes gens ! ordonne De Côme. Je vous présente le Commandant Thibaut de Montcourt. Asseyons-nous. Vous devez être impatients de savoir ce qu'on attend de vous.

Comme les nouvelles recrues acquiescent, il ouvre son dossier et déclare :

– A la suite des attentats de Toulouse et de Montauban, il nous a été demandé de créer une unité spéciale qui sera chargée de repérer et d'éradiquer toutes ces cellules dormantes qui tuent des innocents au nom d'une loi, la leur. Je vais laisser le Commandant vous expliquer quelles seront vos missions. Mais avant je veux être certain que vous ne renoncerez pas. Si vous devez le faire, c'est maintenant. Une fois informés, vous ne pourrez plus vous rétracter. Toujours partants ?

– Oui, Colonel, répondent-ils d'une seule voix.

– Parfait. A vous, commandant.

– Bonjour à vous et merci d'accepter ce défi. Je suis le Commandant Thibaut de Montcourt. J'appartiens au GIGN et serai le responsable de cette unité que nos supérieurs ont souhaitée être la plus opérationnelle possible et surtout la plus efficace. Vous avez été choisis en fonction de vos résultats mais aussi de votre implication dans le cadre de votre formation que ce soit avec la police ou la gendarmerie.

Le groupe attendait avec impatience la suite de ce discours.

— J'en viens au fait car je vous sens curieux et fébriles. *Il fait du regard le tour de l'assemblée attentive et avide d'en savoir plus.* Nous serons donc un commando très particulier. Nous tiendrons nos ordres du Ministre et ne devrons rendre de compte à personne qu'à nous-mêmes. Nous agirons de façon à remplir nos missions. On nous laisse le libre choix de la méthode et des moyens employés. Cependant vous devez savoir que si l'un de vous se fait prendre, personne ne lui viendra en aide. Vous serez de parfaits inconnus. On nous demande des résultats. Vous devrez vous débrouiller seuls. Avez-vous bien compris ?

— Oui, mon commandant. Le capitaine

Lemarchand répond après avoir consulté les autres du regard.

— Parfait. Voyons maintenant le côté logistique. Vous allez effectuer des stages spéciaux afin de pouvoir intervenir dans n'importe quel environnement. Vous apprendrez l'arabe et devrez le parler couramment et sans accent. Vous formerez des binômes, une femme, un homme. A vous de voir selon vos affinités. Dès ce soir, je vous conduis à notre camp de base. Est-ce que tout est clair pour vous ?

— Oui, mon commandant. Si nous avons bien compris, ce commando n'existe pas et si nous nous faisons prendre, il n'a jamais existé et personne ne viendra à notre secours ?

— Vous avez parfaitement résumé la situation, capitaine. Une dernière chose. Cette unité porte le nom de « Commando des étoiles ». Il appartient à chacun de vous de choisir le nom d'une étoile ou d'une constellation. Vous deviendrez des anonymes et ne répondrez qu'à votre nom de code. D'autres questions ?

– Non, Monsieur.

– Alors je vous donne rendez-vous pour quatorze heures, au garage du ministère, avec votre paquetage. Entre temps, choisissez votre binôme. A plus tard.

Tous se lèvent pour les saluer et leurs supérieurs sortent de la salle. Les douze se regardent, encore sous le choc de ce qu'ils viennent d'entendre. Instinctivement chacun d'eux s'est rapproché de son binôme. Sans rien dire. Juste une affinité dans le regard. Luna a choisi l'adjudant-chef. Pourquoi ? Elle ne peut l'expliquer. Il la remercie de son choix.

– Pour toi, pour vous, je serai « Orion », si vous le permettez.

– Pas de problème. Nous en choisirons d'autres. Et toi, Luna ? Que choisis-tu ?

– Je serai Cassiopée, une constellation que je connais bien et dont j'aime le prénom mythologique.

– A vous maintenant, demande le capitaine Lemarchand.

Des noms fusent et chacun s'attribue celui qui lui plaît le plus.

– Bien ! Voilà qui est fait. Attendons la suite. Si nous allions au mess avant d'entrer dans notre nouveau monde.

La joyeuse bande se dirige vers le restaurant mais en ordre dispersé afin de ne pas soulever de questions de la part des autres militaires présents.

* * * *

11

A 14h 20, un camion de livraison quitte la cour intérieure du ministère, à son bord les douze membres du commando. Direction le camp de base où les attend leur chef de groupe, le Commandant Thibaut de Montcourt.

Après quarante-cinq minutes de trajet, le camion s'arrête et le chauffeur ouvre le hayon. Le groupe se trouve à l'arrière d'une maison de maître datant du 19e siècle, une gentilhommière, sur deux étages, parfaitement entretenue et de belle apparence. Après avoir débarqué son chargement, le camion repart, franchissant le mur d'enceinte qui se referme derrière lui, ne laissant apparaître aucune trace d'une ouverture. Un camouflage parfait.

Le commandant de Montcourt se tient sur le perron et les invite à avancer.

— Soyez les bienvenus dans ce qui sera

votre camp de base et votre lieu de repli si nécessaire. Venez que je vous présente.

Les douze recrues s'avancent et entrent dans une grande pièce où attendent un homme et une femme très élégants et souriants.

— Jeunes gens, voici Jean et Hortense de

La Tour, propriétaires du château du même nom, vos hôtes. *Puis, désignant trois autres personnes qui attendent un peu en retrait,* vous avez ici, Marthe, la cuisinière, Marina, la préposée au ménage et à l'entretien et enfin, Arsène, l'homme à tout faire. Il est à la fois jardinier, chauffeur mais aussi surveillant et gardien des lieux.

Les nommés saluent les nouveaux arrivants et se retirent, laissant tous les autres faire plus ample connaissance. Le commandant reprend ses présentations.

– Pour être tout à fait complet, je dois vous préciser que vous avez devant vous le colonel Jean de La Tour, ancien pilote de chasse de l'Armée de l'Air et le capitaine Hortense de La Tour, sa femme. Hortense était infirmière et convoyeuse de l'Air. Nous sommes ici dans un lieu dépendant du ministère. Les trois autres personnes que je vous ai présentées sont, elles aussi, des militaires. Toutes sont parfaitement entraînées et prêtes à intervenir si besoin est. Des questions ? demande-t-il.

– Pas pour le moment. Plus tard, sans doute, mon commandant, répond Lemarchand.

– Alors parfait. Je vais vous laisser vous

installer et je vous attends à 18h, pour un premier briefing. Marthe et Marina vont vous conduire à vos chambres. Bienvenue parmi nous. A tout à l'heure.

Les recrues se mettent au garde à vous tandis qu'il quitte la pièce.

— Nous voilà donc au cœur de l'action !

remarque l'une d'elles. Que nous réserve notre mission, nous le saurons bientôt. Ne soyons pas trop impatients et allons-nous installer.

Les jeunes gens suivent les deux jeunes femmes au premier étage pour certains et sous les toits pour les autres. En chemin, elles leur ont expliqué que les binômes auront des chambres voisines. Aucun ordre défini, à eux de décider : à l'étage ou sous les toits.

— Vous avez dans chaque chambre une salle d'eau, des toilettes et à chaque étage une salle de bain commune.

Après s'être consultés du regard, Luna et l'adjudant-chef Adrien Reina, son binôme, choisissent les toits. La jeune femme ne regrette pas son choix. La chambre mansardée qu'elle occupe donne, à l'arrière du manoir sur la forêt qui l'entoure, la vue est magnifique. Dans la pièce tout est fonctionnel et agréablement agencé. Rien n'y manque : ordinateur, téléviseur, lit confortable mais pas de téléphone.

Chacun s'installe, fait connaissance avec son environnement, place ses affaires dans la commode et l'armoire.

Luna termine son installation quand on frappe.

— Entrez ! dit-elle

Adrien Reina pousse la porte

— Désolé de te déranger, mais puisque nous sommes associés, je dois te confier quelques petites choses me concernant afin que tu saches avec qui tu vas devoir fonctionner.

— Est-ce vraiment indispensable ?

demande-t-elle. J'ai tout de suite senti le courant passer entre nous et je te fais une confiance totale.

— Je t'en remercie mais il le faut.

— Je t'écoute.

— Pour commencer, mon nom n'est pas Adrien Reina mais Bastien Laugier. Lorsque je me suis engagé, j'ai refusé de donner mon vrai nom. Tu sais qu'en s'engageant dans la Légion Étrangère, on peut abandonner tout son passé et devenir un autre homme. On m'a donc attribué un nouveau patronyme.

— Je sais tout ça, lui confie Luna. Mais

puis-je savoir ce qui a motivé ce choix. Elle semble inquiète.

– Ne crains rien je ne suis ni un voleur, ni un assassin, ni un terroriste. Non, juste un homme meurtri par la vie et qui n'a trouvé que ce moyen pour échapper aux envies de suicide qui le tenaient.

– Cela me semble encore douloureux ? Es-tu sûr de vouloir continuer ?

– Sûr !

* * * *

Deux amoureux tendrement enlacés se promènent sur la corniche Kennedy qui longe la plage des Catalans, à Marseille. Ils s'aiment d'un amour puissant, entier. Ils s'aiment avec tendresse, avec douceur. Ils s'aiment de tout leur cœur, de toute leur âme. Ils s'aiment ! Soudain, il lâche sa taille et comme un gamin court à reculons devant elle en criant à tue-tête. « Je l'aime ! Je l'aime. Elle est mon étoile parmi les étoiles, elle est la vague qui caresse la plage, elle est mon univers. »

Elle le regarde sautiller comme un gamin tout fou ; elle sourit, radieuse. Comme elle l'aime, elle aussi ! Il sait être tendre, doux, prévenant, mais aussi jaloux, possessif, entier. Un crissement de pneus lui fait tourner la tête. Un coup de freins, un choc violent et puis le silence qui s'installe. Bastien a cessé sa farandole. Pétrifié, il contemple son bel amour gisant sur le trottoir, corps désarticulé. Ce corps qu'il aimait caresser, qui répondait passionnément à ses étreintes, gît là sur ce trottoir glacé. Son beau visage s'est figé, étonné de sentir la vie s'échapper de son être. La sirène des pompiers, celle de la police, l'attroupement qui s'est formé, le laissent sans réaction. Il n'a pas encore réalisé. Les jours qui suivent, il les vit dans un brouillard épais dont il n'émerge pas. Ses amis le soutiennent et ce n'est qu'en voyant le cercueil disparaître, avalé par les flammes, qu'il se met à hurler. « Juliette ! Mon amour !» et c'est de nouveau le trou noir.

* * * *

Bastien s'est tu. Luna qui l'observe, voit sur son visage les marques de cette souffrance qui le ronge encore.

– Veux-tu t'arrêter ? lui demande-t-elle

– Non, je veux aller jusqu'au bout. Je n'ai raconté cette partie de ma vie à personne. Mais je sens que toi, tu peux me comprendre. J'ignore pourquoi mais c'est ainsi. Et t'en parler soulage cette blessure que je porte en moi depuis tant d'années.

— Qu'as-tu fait ?

— Un soir de désespoir, je suis rendu sur la corniche, à l'endroit de l'accident. J'ai déposé une rose sur le trottoir, je suis descendu sur la plage et j'ai brûlé tous mes papiers. Ensuite je suis entré dans l'eau et j'ai avancé. Je voulais me laisser couler, engloutir par les flots, je voulais mourir. La vague m'arrivait presque à la taille lorsque j'ai entendu la voix de Juliette qui m'appelait.

— *Mon amour, me disait-elle, ne fais pas ça ou je vais mourir une seconde fois. Vis et continue de m'aimer. Ainsi je serai toujours vivante et près de toi. Je t'aime.*

Cela a été comme un électro choc. Me suicider n'était pas, pour moi, la bonne façon de mourir. Mes convictions me s'interdisaient. Si je devais disparaître, ce serait pour mon pays, pour ma patrie. Ma décision était prise. J'ai garé ma voiture devant ma maison, glissé les papiers, les clés dans la boîte aux lettres. J'ai pris un taxi qui m'a conduit à Aubagne et me suis présenté à Camp Major, caserne de la Légion Étrangère. Au sergent recruteur, j'ai refusé de dire quoi que ce soit de moi. Mon obstination à rester muet, a eu raison de son interrogatoire et j'ai signé mon engagement avec comme patronyme « Adrien Reina ». Je me suis lancé à corps perdu dans l'entraînement et je suis devenu un expert au tir et dans les explosifs. Je n'ai jamais refusé une mission quelle qu'elle soit. C'est pour cela que j'ai été choisi pour intégrer ce commando.

– Et tes parents ? Comment as-tu fait ?

Tu ne pouvais pas disparaître comme ça, sans explication.

— Bien sûr que non. Je n'ai plus que ma mère avec qui je vivais. Je lui ai écrit en lui disant de ne pas s'inquiéter, que je voulais seulement prendre de la distance pour mieux guérir. Par la suite, je lui ai envoyé des cartes postales tous les mois. Antoine, mon ami d'enfance – *le seul au courant* - veille sur elle et me donne régulièrement de ses nouvelles.

Le silence s'installe de nouveau. Ils restent silencieux, revivant chacun le drame qui les a conduits dans ce groupe. Luna, la première, sort de ce mutisme

— Je te remercie de m'avoir confié ce passage de ta vie. Un jour je te raconterai pourquoi je suis entrée dans la police.

— Quand ce sera le moment pour toi.

Merci de m'avoir écouté sans m'interrompre. Je me sens plus léger d'avoir pu tout te dire. Je me rends compte combien cette douleur a été lourde à porter.

* * * *

Ils restent un long moment sans parler, perdus dans leurs souvenirs et puis arrive l'heure de la réunion. Ils descendent dans le hall où les autres membres du groupe attendent. Tous sont impatients de connaître ce que l'on va exiger d'eux. Le commandant les rejoint au centre de la pièce.

– Suivez-moi, ordonne-t-il en faisant

pivoter un panneau dans le mur derrière l'escalier menant à l'étage.

Encore un mystère. Les recrues vont de surprise en surprise mais finalement cela leur va bien. Ils sont tous là pour en découdre mais contre qui ? Les révélations qui vont suivre les éclaireront. Ils découvrent une vaste pièce, aménagée comme un endroit de survie.

— Vous êtes ici dans ce qui se veut être

un abri anti atomique. Tout a été pensé pour abriter les cinq occupants de la maison. Rien n'y manque.

En effet, sur le mur du fond s'alignent des étagères chargées de boites de conserve, de paquets de pâtes, de bouteilles d'eau, enfin toute la nourriture dont auraient besoin les personnes réfugiées dans ce lieu. Le long des murs, à gauche et à droite des lits superposés, masqués par des rideaux et au centre de la pièce une table et des chaises.

— Ce sera notre lieu de réunion ?

interrogea Luna.

— Non, lieutenant ! Ceci n'est qu'un

leurre. Je vais vous conduire à l'endroit stratégique, le cœur de notre organisation.

Il sort de sa poche un téléphone et compose un numéro. Lentement une étagère se déplace et un couloir s'ouvre derrière elle.

— Suivez-moi, demande-t-il à ses

compagnons. Ce passage nous mène à notre lieu de travail. C'est un bunker creusé à l'écart de la maison principale afin de ne pas en changer son volume. Il est isolé et indécelable.

Après une progression d'une vingtaine de mètres, qui leur fait comprendre qu'ils s'enfoncent sous terre, ils se retrouvent devant une porte blindée que le commandant ouvre avec son téléphone. Cette fois, ils pénètrent dans une vaste pièce équipée de tout un matériel moderne et, sans aucun doute, ultra performant.

– Vous êtes ici dans le cœur de notre commando. C'est de là que vous parviendront les informations nécessaires à vos missions ; c'est ici que vous enverrez vos rapports. Vous serez toujours en relation avec ceux qui veilleront sur vous depuis ces appareils.

Les militaires font le tour de la pièce, se posant des questions.

– Vous vous demandez, comment peuvent fonctionner tous ces appareils ? Comment peuvent-ils recevoir et envoyer des renseignements ? interrogea le commandant.

– Oui, mon commandant, répondit Lemarchand. Nous sommes sous terre, dans un endroit blindé. Comment se font les transmissions, comment est fournie l'électricité et tout ce qui fait exister ce lieu ?

– Vous avez remarqué que nous sommes au sein de la forêt de Fontainebleau et que nous avons, dans notre propriété, une partie boisée très importante. Les antennes ont été enfouies et sortent le long des troncs de certains arbres en toute discrétion. Il en est de même pour le courant. Nous sommes reliés à un compteur extérieur dissimulé, lui aussi, de façon très efficace. Nos liaisons se font par satellites. Ai-je répondu à toutes vos interrogations ?

– Encore une chose, mon commandant.

C'est Adrien, l'adjudant-chef qui l'interpelle. Qui sont les personnes avec lesquelles nous serons en relation pendant nos différentes missions ?

– Elles seront là d'un instant à l'autre.

Les voilà. Quatre militaires pénètrent dans la salle et se mettent au garde à vous. Repos ! Je vous présente les lieutenants Audrey Martin, Julien Garde, Fabien Forbin et leur chef de groupe, le capitaine Claire Delorme. Bienvenue à vous quatre. Puis, se tournant vers les autres recrues, vous avez là l'élite, ce que l'on fait de mieux en informatique. Notre groupe est maintenant au complet. Demain nous entrerons dans le vif du sujet. Je vous laisse poser toutes les questions qui vous paraissent nécessaires, dit-il, et à vous, Capitaine, d'y répondre. Briefing à 14 heures dans la salle de réunion.

Il s'éloigne tandis que le reste de l'équipe fait connaissance.

* * * *

12

– Eh, bien ! Dis-moi, s'exclama Raphaël.

On se croirait dans un film de James Bond. Il n'y manque plus que Pierce Brosnan et Sophie Marceau.

Il faisait un peu d'humour pour détendre l'atmosphère mais il sentait bien que derrière toute cette parfaite organisation, se cachait un travail bien plus important que de simples histoires de cinéma.

– Tu as raison ! Elle souriait à son tour

devant sa boutade. Mais tu sais aussi que la réalité est parfois bien différente et encore plus incroyable que dans les films. Le terrain *va souvent plus loin que l'imagination fertile et débordante de certains scénaristes ou écrivains.*

– Je le sais bien pour y avoir été

confronté à maintes reprises. Les meurtriers ne sont pas toujours ceux que l'on pense. Raconte-moi la suite. Je suis fasciné par ce que tu me dévoiles.

– Pour faire court, je passerai sur les

entraînements intensifs auxquels nous avons été soumis. Nous sommes allés au Mali pour un environnement chaud et désertique, puis en Guyane, dans la forêt tropicale – avec tout ce que cela implique de petites et grosses bêtes, de chaleur, d'humidité et de pluie torrentielle –, dans le Jura pour la neige et le froid – et crois-moi, il y fait, en certains endroits aussi froid qu'en Laponie, mais sans le Père Noël -. Elle sourit à nouveau. *Il y avait aussi cet enseignement de l'arabe qui nous occupait quand nous* étions de retour au centre. Bref, nous en avons bavé, tu peux me croire. Mais nous sommes ressortis de ces deux mois intenses, plus forts, affûtes physiquement et prêts à en découdre.

– Je pense que vous avez accompli

après ces deux mois intenses, observa Raphaël

– Oui, plusieurs qui se sont toutes

soldées par des succès. Nous avons mené plusieurs missions sur le terrain, réussi à démanteler deux réseaux dormants et pu déjouer deux attentats qui auraient sans doute tué de nombreuses personnes. Mais tout se faisait dans l'ombre et sans publicité aucune. Et puis il y a eu ce nouvel objectif, celui qui m'a conduite jusqu'à toi.

* * * *

Un matin, de très bonne heure, Luna et Adrien, sont convoqués dans le bureau du commandant Thibaut de Montcourt.

Après les saluts échangés, il leur annonce :

— Je vais vous confier une mission de la plus haute importance qui va sans doute vous prendre des semaines, peut-être plus.

— A vos ordres, mon commandant, répond Adrien.

— Nous venons d'être informés qu'un réseau islamiste de la région de Marseille, fait passer des jeunes filles vers la Syrie. Quelques jeunes hommes aussi. Les jeunes filles sont destinées à être mariées à des combattants et à leur donner des enfants. Elles sont radicalisées et privées de leur libre arbitre. Vous connaissez la région puisque vous en êtes originaires, vous parlez parfaitement l'arabe et votre physique peut vous faire passer pour des maghrébins.

– Quel sera notre objectif ?

– Infiltrer le groupe, vivre avec eux et agir en fonction de ce que vous découvrirez. Le but est de ramener ces filles vers leur famille et faire disparaître ces individus.

– Quelles sont les consignes, Commandant, demande Luna.

– La première de toutes, vous le savez, ne pas vous faire prendre. Vous serez en liaison avec Audrey qui sera votre référente pour toute la durée de la mission. Vous travaillerez, sous couverture bien sûr, pas ensemble mais suffisamment près pour vous venir en aide si besoin. Vous habiterez dans le même quartier. Luna, tu seras Sarah Benhamou, étudiante à la faculté de Lettres d'Aix-en-Provence. Tu prendras le car chaque matin pour t'y rendre et feras en sorte de te lier d'amitié avec la pourvoyeuse du réseau, une dénommée Awatif Messaoudi, elle aussi étudiante en Lettres. Adrien, tu seras Youssef Rézoug, nouvellement arrivé dans la commune avec un visa touristique . Tu as fui l'Algérie où ton métier de flic te mettait en danger de mort. Tu vivras dans une vieille caravane prêtée par ton ami Nasser, et stationnée dans l'arrière-cour de son magasin, derrière l'immeuble où Sarah louera un petit studio. Tu seras bénéficiaire aux Restos du Cœur, pour la nourriture, à la Croix Rouge pour les vêtements. L'antenne des Restos se situe non loin de la salle de prières de la ville. Le capitaine Delorme vous fournira tout ce dont vous avez besoin pour être crédibles : papiers, argent, billets de train, adresse et clefs de vos logements respectifs. Elle vous remettra également un petit fascicule où tout ce que vous devez savoir, sera expliqué.

A lire dans le train et à détruire une fois que vous en connaîtrez tout le contenu. D'autres questions ?

– Non, mon commandant ! disent Luna et Adrien en même temps.

– Soyez prudents et que votre but soit atteint et accompli.

Ils quittent le château le lendemain dans l'après-midi, rejoignent la gare de Lyon et s'installent dans un train de nuit, pas le TGV. Seuls dans leur compartiment, ils prennent connaissance des différents aspects de leur mission. A leur arrivée à Marseille, **ce** sont deux maghrébins qui débarquent sur le quai. Luna a enfilé pantalon, longue blouse, veste et chaussures fermées. Elle a placé sur ses cheveux le voile qui les dissimule aux regards masculins. Adrien a, lui aussi, revêtu le pantalon, la longue blouse et posé sur sa tête la petite calotte ronde, des croyants. Chacun se dirige vers la sortie et prend le car pour rejoindre Marignane, à une vingtaine de kilomètres de la ville. Ils s'ignorent et même les voyageurs les plus perspicaces ne pourraient affirmer qu'ils se connaissent.

Ils emménagent dans leurs domiciles respectifs et commence pour eux le long chemin qui les conduira au bout de leur combat.

La rentrée à la fac étant prévue pour octobre. Luna-Sarah a quelques jours pour faire connaissance avec Marignane. Elle s'est installée dans un modeste studio, dans un immeuble plutôt vétuste. Elle se promène parfois dans les petites rues de la vieille ville, ces rues où se regroupent souvent les familles modestes dans de vieux appartements insalubres. Elle fait ses courses au Leclerc et achète sa viande dans une boucherie hallal. Elle passe inaperçue.

Adrien-Youssef a intégré la caravane posée dans l'arrière-cour de son ami Nasser, qui tient une épicerie de produits arabes et africains. Il s'inscrit aux Restos du Cœur et essaie de trouver des petits boulots. Le vendredi, il va écouter la grande prière et la parole de l'imam. Il se fond dans le décor mais sa présence silencieuse intrigue un homme. En effet, certains jours, Adrien-Youssef aime à s'asseoir seul, dans un coin de la salle de prière. Le coran ouvert sur ses genoux, il en lit les versets et chantonne en se balançant lentement. Cette attitude surprend l'individu qui l'observe. Après l'avoir surveillé durant quelques jours, il se décide à l'approcher. Adrien-Youssef, lui, l'a depuis tout ce temps repéré. Il n'est pas surpris lorsqu'il s'approche de lui

– Salam*, mon frère ! Je m'appelle Bilal.

– Salam, à toi aussi. Je me nomme Youssef, répond Adrien-Youssef

— Tu es nouveau dans la ville ?

— Oui ! Je suis arrivé depuis dix jours. La voix est basse et triste.

— Et d'où viens-tu ? demande l'homme.

— Je viens d'Alger. J'ai pu rentrer sur le territoire grâce à un visa d'un mois mais je ne suis pas reparti.

— Et pourquoi, n'es-tu pas retourné au pays ? interroge Bilal

— La police me recherche parce que j'ai aidé des Frères Musulmans à s'évader. J'étais un policier. Je risque la peine de mort pour ça !

— Et comment fais-tu pour vivre ? Les questions s'enchaînent. Un véritable interrogatoire.

— J'avais un peu d'argent mais je

commence à en manquer. Je fais parfois des livraisons pour mon ami, mais ce n'est pas régulier. Heureusement que je suis bénéficiaire aux Restos du Cœur. Cela m'aide bien.

– Où loges-tu ? demande Bilal.

– Cet ami me prête une vieille caravane, répond Adrien-Youssef.

– Et qui est cet ami ?

– C'est Nasser, de l'épicerie arabe de la rue Jean Mermoz. Nous sommes du même village, près d'Alger. Tu le connais ?

– Oui ! C'est chez lui que j'achète tous mes produits ! *La voix de Bilal s'adoucit. Il est satisfait de ce qu'il vient d'apprendre.* Que dirais-tu de travailler pour moi ? C'est bien payé et pas fatigant

– Ah ! Oui ! Ça m'intéresse, dit Adrien-

Youssef. Que faut-il faire ?

— Je ne peux rien te dire ici mais viens chez moi demain à dix heures et je t'expliquerai ce que j'attends de toi. Voilà mon adresse, répond-t-il en lui tendant une carte de visite. Salam Aleykoum*, Youssef. A demain.

— Salam Aleykoum, Bilal. A demain et merci. *Adrien jubile. Il ne lui aura pas fallu longtemps pour entrer en contact avec le groupe signalé par leur indic.*

Il regagne sa caravane et envoie un texto à Luna-Sarah. « Allah Akbar* », c'est le message convenu pour dire que la rencontre a eu lieu. Il l'efface sitôt après.

* * * *

* * * * * *

- Salam : Paix
- Salam Aleykoum : Que la paix soit sur toi.
- Allah Akbar : Dieu est grand.

* * * *

13

A nouveau, Luna fit une pause.

– Que s'est-il passé ensuite ? demande Raphaël, passionné par ce qu'elle racontait

– Adrien s'est rendu chez Bilal. Il louait une jolie petite villa, dans un quartier calme de la ville. Il y avait là sa femme et deux de leurs enfants, les autres étant à l'école. Un couple apparemment sans histoire mais avec une épouse totalement effacée, soumise aux décisions du mari.

– Et quel job lui a-t-il proposé ?

– Conduire un groupe de jeunes filles vers un établissement, dans le Jura.

— *Quel prétexte pour ce transfert ?*

— *Un séjour scolaire pour étudier la* région *en cette période d'hiver avec cours le matin et ski l'après-midi.*

— *Plausible, en effet.*

— *Adrien a accepté et Bilal lui a promis* de le contacter rapidement. Il avait mis un premier pied dans l'organisation, dit Luna. Ne restait plus qu'à conclure l'accord avec un premier transport.

— *Et pour toi, qu'en était-il ?*

— *Ma prise de contact fut un peu plus* longue.

* * * *

Ce lundi dix octobre, Luna-Sarah prend le bus pour Aix. Habillée d'un jean, d'une tunique et d'un anorak, elle a chaussé des baskets et dissimulé ses cheveux sous son foulard. Elle s'assoit au fond du car afin de pouvoir observer les passagers qui montent à chaque arrêt. Elle n'a pas encore repéré la pourvoyeuse mais elle a gravé son visage dans sa mémoire après avoir observé sa photo dans le petit fascicule du capitaine Delorme. Elle verra bien. Aucune jeune fille ressemblant à Awatif Messaoudi n'a pris le bus ce matin-là.

– Attendons, pense Luna. Je finirai bien par la rencontrer.

La journée de prise de contact avec les professeurs de la fac se termine. Luna sort du bâtiment et ajuste son voile sur ses cheveux. Elle promène son regard alentour, d'un air détaché mais du coin de l'œil, elle a remarqué une étudiante qui la suit depuis un moment. Trop loin encore pour savoir si c'est celle qu'elle recherche, elle s'éloigne et se dirige vers le bus qui la ramènera à Marignane. Elle s'installe à nouveau au fond du car et feuillette les documents qu'on lui a remis. La jeune fille repérée monte à son tour et prend place à l'avant du véhicule. C'est elle, enfin. Ce petit manège va durer toute la semaine. Elles s'observent sans se dire un mot, juste un sourire esquissé. Le vendredi, comme elle sort de l'amphi, Luna se voit aborder par Awatif. Avec un grand sourire, elle lui dit

— Salam alaykoum, ma sœur !

— Alaykoum salam, répond Luna-Sarah, marquant un temps de surprise.

— Ne crains rien. Je voulais juste faire ta connaissance. J'ai vu que nous venions toutes les deux de Marignane et que nous étions dans les mêmes cours. Je suis Awatif Messaoudi.

— Je l'ai remarqué aussi, dit la jeune fille, sur la défensive. Et alors ?

— Je pensais que ce serait bien si nous pouvions devenir amies et étudier ensemble. Qu'en penses-tu ?

— Pourquoi pas ! - *J'ai ferré le poisson, pense Luna qui continue à être distante* – Je m'appelle Sarah Benhamou.

Elles sortent du bâtiment et Luna-Sarah s'empresse de remettre son foulard sur la tête. Awatif l'observe un moment puis ajuste le sien.

— Je vois que tu respectes les conseils de la religion, remarque-t-elle.

— Bien sûr. Je regrette d'être obligée de

l'ôter pour aller en cours. Je n'aime pas l'enlever. Quand j'ai les cheveux découverts, j'ai l'impression d'être toute nue. C'est pour cela aussi que je les lisse et me fais un chignon. Pas une mèche qui dépasse. Les hommes ne me regardent pas. Et toi ? interroge Luna.

– Pareil pour moi ! explique Awatif.

Tous ces yeux qui se posent sur moi, me mettent mal à l'aise. Iras-tu à la grande prière ce soir, demande-t-elle.

– J'aimerais bien mais seule, je n'ose pas.

– Allons-y ensemble, si tu veux, propose Awatif.

– Volontiers. Retrouvons-nous devant la mairie, si cela te convient.

– D'accord. A dix-huit heures devant

l'hôtel de ville.

Elles continuent leur discussion tout en se dirigeant vers leur bus, cette fois, elles s'installent côte à côte et poursuivent leur conversation. Elles émettent des banalités sur leurs études, leur futur métier, leurs projets. Rien de bien personnel encore. Mais, fine mouche connaissant bien son métier, Luna-Sarah sent bien que lorsqu'elle sera persuadée d'avoir acquis sa confiance, Awatif se fera plus curieuse.

La jeune femme lui présente des amies à elle, toutes des femmes mariées avec des enfants, des femmes soumises mais qui s'en trouvent bien. Elle lui parle religion avec une ardeur qui n'étonne pas Luna-Sarah. Parfois elle ressent dans ses propos comme de la haine pour ceux qui pratiquent une autre religion. Un vendredi soir, après la grande prière, elles sont conviées chez un couple qui habite un quartier calme de la ville. Elles s'y rendent. Une fête a lieu qui rassemble plusieurs jeunes filles, toutes vêtues de costumes orientaux. Certaines d'entre elles sont des Françaises, nouvellement converties. Les hommes sont dans une autre pièce en grande discussion. Avec satisfaction, Luna aperçoit Adrien assis parmi eux. Un regard éloquent et ils comprennent qu'ils ont réussi à infiltrer le groupe. Reste pour Luna-Sarah, l'étape finale à franchir. Il lui faut convaincre Awatif de son ralliement total à la cause qu'elle défend.

Un matin, elle arrive à l'arrêt des bus très énervée, le visage crispé par la colère.

— Que t'arrive-t-il ? lui demande Awatif

en la voyant dans cet état.

— Je viens de me faire insulter par un

homme parce que je porte le foulard. J'en ai assez de devoir supporter ce genre de remarque. Je ne fais de mal à personne en me couvrant les cheveux.

– Bien sûr que non ! Mais tu sais, ces gens-là, ne comprennent rien à notre religion. C'est pourquoi nos frères se battent dans d'autres pays. Nous devons les aider à mener à bien ce combat.

– Et comment, moi, simple étudiante, je pourrais le faire ? Je ne vais pas prendre une arme et provoquer un attentat ? Je ne saurais pas, je n'en aurais pas le courage.

– A ton niveau, il y a mieux à faire.

Awatif arbore un large sourire, certaine maintenant du résultat final.

– Quel serait ce rôle important que je pourrais remplir ? interroge Luna-Sarah avec intérêt. Que vais-je pouvoir faire pour les aider ?

– Rien de compliqué, répond Awatif.

Elle l'entraîne à l'écart du bus et murmure. Aujourd'hui pas de fac. Je vais te présenter une personne qui t'expliquera ce que tu peux faire. Es-tu d'accord ?

— Pourquoi pas ? Et d'ailleurs, je suis trop énervée et en colère pour travailler sérieusement. Je vais rentrer chez moi.

— Je contacte la personne et je t'appelle pour le rendez-vous. D'accord ?

— D'accord ! A plus tard, dit Luna-Sarah *en s'éloignant. Heureusement qu'Awatif ne remarque pas le large sourire qu'elle affiche. Cette fois le poisson est ferré.*

De retour dans son studio, elle envoie un message codé à Adrien puis l'efface. Pour eux deux la première étape est franchie. Ils font partie de la filière qu'ils doivent démanteler.

Vers quatorze heures, son téléphone sonne. Awatif lui demande de la rejoindre devant la poste principale, une voiture sera là. Luna soigne particulièrement sa tenue, revêtant un jean noir, une tunique descendant jusqu'aux genoux, un pull et un manteau sombres. Elle ajuste son foulard de façon à couvrir ses cheveux sans qu'aucune mèche ne s'en échappe. Pas de maquillage, pas de bijoux. Elle se fige dans une allure timide et réservée. Il faut laisser croire à sa totale soumission.

Lorsqu'elle arrive au lieu du rendez-vous, Awatif et un homme l'attendent à bord d'une vieille Peugeot 205 fatiguée. Elle n'est pas surprise de reconnaître celui qui les a reçues dans sa villa lors de leur dernière sortie.

– Salam, ma sœur, dit-il en l'invitant à monter.

– Salam, répond Luna-Sarah en

s'installant à l'arrière, les yeux baissés, un peu craintive.

Ils rejoignent la villa et l'homme, après avoir demandé à sa femme de leur servir un thé à la menthe, s'enferme dans son bureau avec les deux jeunes filles.

— Avant de t'expliquer ce qu'il te faudra

faire pour aider nos frères combattants, je veux être certain de ton désir réel de le faire. Tu vas engager ta vie, t'en sens-tu capable ? Il insiste.

— Tout à fait. Il y a longtemps que je

pense que je ne suis pas faite pour vivre dans ce pays. Je veux prendre ma part dans votre combat.

— Très bien ! Alors écoute.

La porte s'ouvre et sa femme entre avec, sur un plateau, la théière, les petits verres colorés et une assiette de pâtisseries.

– Shukran*, dit Bilal. Veille à ce que l'on ne nous dérange pas, ordonne-t-il.

La jeune femme se retire sans un mot, les yeux baissés.

– *Quelle tristesse, pense Luna. Une telle soumission ne devrait pas exister. Comment peut-on asservir une femme de cette façon ?*

Bilal s'est lancé dans une explication précise, argumentée. Il lui révèle combien sera merveilleux ce don d'elle même qu'elle fera pour la gloire de sa religion, pour l'aide qu'elle offrira à ces valeureux combattants.

Elle ne laisse paraître aucune émotion mais, intérieurement, elle boue, horrifiée par ce qu'elle entend. Toutes ces jeunes filles naïves, égarées, perdues ne seront que des poules pondeuses. Mariées à des soldats qu'elles n'auront pas choisis, elles seront juste là pour faire des enfants. Si elle le pouvait, elle lui tordrait le cou avec un plaisir immense. Mais elle reste impassible ; sa mission n'en est qu'à son début. Ces filles, il faut les récupérer et leur faire comprendre dans quel piège elles sont tombées.

— As-tu tout compris ? Es-tu toujours sûre de toi ? demande Bilal sur un ton qui a changé. Il est devenu dur, sans appel. Tu devras quitter ta famille, tes amis, tes études.

— Oui, tout est clair pour moi. Je vous suivrai. Mais qu'en est-il de mes parents, de mon studio ? Je ne peux pas disparaître d'un jour à l'autre sans éveiller des soupçons et entraîner des recherches.

— Nous avons pensé à tout. Tu appelles tes parents, tu leur expliques que tu pars à la montagne avec ton amie et que tu seras absente quelques jours. Tu envoies un courrier à ton bailleur pour lui donner ton préavis et lui demander un état des lieux rapide. Pour la fac sera moins difficile. Tu dis que, pour des raisons familiales, tu es obligée de rentrer au pays. Ces différentes démarches devraient te prendre une semaine. Quand tu seras prête, contacte Awatif et nous définirons la suite de ta nouvelle vie, dit-il en se levant. Va, ma sœur. Ton destin s'accomplit. Alla Akbar !

Il sort de la pièce, la laissant étourdie par ce qu'elle vient d'entendre. Elle rentre chez elle et prépare quelques affaires – *le strict minimum, a dit Bilal. Le reste te sera fourni sur place.* -, rédige une lettre pour son propriétaire et appelle Adrien-Youssef. Le texto codé qu'elle lui envoie lui dit qu'elle entre dans l'arène.

* * * *

14

— J'étais catastrophée par ce que je venais d'entendre. Je me demandais finalement, si ces individus n'étaient pas pires que les vendeurs de drogue. Ils utilisaient la faiblesse de leurs recrues, leur mal-être, leur situation familiale défaillante à des fins tout à fait répugnantes. Luna s'insurgeait, révoltée.

Elle fixa Raphaël au fond des yeux, cherchant dans son regard qu'il comprenait son indignation. Lui restait sans voix, mesurant tous les dégâts causés par ces endoctrineurs sur des âmes faibles.

— Je suis terrifié par ce que tu me dis et

je comprends ton implication. Si je t'avais connue à cette époque, je ne t'aurais pas laissée risquer ta vie dans une telle expédition. Tu risquais de la perdre car ces fous ne t'auraient fait aucun cadeau. D'ailleurs c'est ce qui a failli t'arriver. Il en tremblait à cette seule évocation.

– D'un autre côté, ce fut un mal pour un bien. Sans cela nous ne nous ne serions pas rencontrés ! dit-elle tendrement.

– C'est vrai ! Alors, mais pour cela seulement, merci à eux. Et il conclut sa phrase par un baiser. Que s'est-il passé ensuite ?

– Eh bien ! Je vais terminer mon histoire, lui dit Luna. Ainsi tu sauras tout. Nous déciderons ensuite comment intervenir.

* * * *

Luna-Sarah contacte son logeur, donne son préavis et convient d'un jour pour l'état des lieux. Elle emballe ses affaires qu'elle confie à Nasser l'épicier mais aussi leur contact dans la ville. Elle prépare un sac de vêtements, d'objets de toilette. Comme elle suppose qu'elle sera fouillée, elle y met aussi un Coran et son tapis de prière. Dans son téléphone, tous les messages et numéros spéciaux ont été effacés. Elle est devenue la jeune fille en colère qui veut s'engager dans la lutte contre les infidèles et faire se répandre sa foi sur toute l'humanité.

Un matin, Awatif la prévient que le temps est venu de quitter la ville et lui donne rendez-vous mais cette fois sur le parking du Leclerc. Au milieu de toutes les voitures, le mini bus passe inaperçu. Elle tend son sac à Bilal qui, comme elle s'y attendait, le fouille soigneusement. Celle au corps est pratiquée par Awatif qui chuchote

— Désolée, mais il exige aussi cette recherche. Tu pourrais dissimiler une arme, un téléphone ou tout autre chose. C'est bon pour moi, crie-t-elle à Bilal.

— Récupère les passeports et les cartes d'identité ainsi que les portables si elles en ont un.

— C'est fait ! Tout est en ordre pour moi, dit la jeune femme.

— Alors, en route, commande-t-il au au chauffeur.

En montant dans le bus, Luna-Sarah a vu le conducteur : c'est Adrien-Youssef qui tient le volant.

— Nous voilà donc dans le même bateau, pense-t-elle. C'est parfait. En route vers la mission finale.

* * * *

— *Voilà comment j'ai été recrutée pour aller en Syrie me marier avec un combattant, le but pour ces jeunes filles endoctrinées étant de leur faire des enfants,* expliqua Luna.

— *Comment pouvaient-elles accepter ce destin qui les ramenait à n'être que des ventres pour enfanter ?* s'insurgea Raphaël

— *C'est un véritable lavage de cerveau auquel elles sont soumises avec une pression telle qu'elles ne savent plus, ne peuvent plus réfléchir. Elles deviennent des pantins entre leurs mains.*

— *Et que s'est-il passé pour que tu te trouves enchaînée et torturée ?* demanda Raphaël.

— *Ce sera la fin de l'histoire. Écoute.*

* * * *

Sept cents kilomètres à parcourir dans une ambiance lourde de silence. Les filles ne parlent pas entre elles, Bilal assis à l'avant récite le Coran et leur lance des regards soupçonneux. Alors on n'échange que des paroles banales. A chaque arrêt, Awatif les conduit aux toilettes ; surveillance étroite. On en profite pour se dégourdir les jambes, manger un sandwich ou boire un café.

A la nuit tombée, ils arrivent à destination. Derrière une clôture imposante, les jeunes filles découvrent un joli chalet perdu au milieu de la forêt. Il fait froid et la neige ne semble pas loin. Sur le perron de la maison les attend un homme. Grand, le visage caché sous une abondante barbe noire, il est vêtu comme un imam. D'une voix profonde, il déclare :

— Soyez les bienvenues au „ Sentier Lumineux" qui sera votre point de départ vers une nouvelle vie, le début de votre chemin vers le paradis. Avancez ! Cette fois sa voix se fait autoritaire.

Les cinq filles obéissent, craintives et apeurées. Elles sont si jeunes.

– Ne craignez rien. Aucun mal vous sera fait. Bilal va vous conduire à vos chambres puis quelqu'un viendra vous porter votre repas. Vous ne devez en sortir sous aucun prétexte. Elles sont pourvues de tout le confort. Installez-vous, je vous verrai demain pour vous expliquer votre prochain voyage.

Il tourne les talons, rentre dans le chalet et disparaît derrière une porte. Bilal les conduit dans des pièces à l'étage. Elles y seront seules, pas question qu'elles communiquent entre elles. Luna-Sarah soupçonne le maître des lieux d'y avoir placé des caméras pour les surveiller.

Discrètement elle fait le tour de la sienne, regardant les livres sur les étagères, les bibelots. Dissimulée à l'intérieur d'un gros atlas, elle a repéré l'objectif mais n'en laisse rien voir, juste un sourire sur son visage. Celui qui est devant l'écran ne doit rien remarquer.

— *Pas très malin, pense-t-elle. Cachette classique, ils auraient pu faire mieux dans un environnement pareil.*

.

On frappe.

— C'est votre repas., dit quelqu'un dans le couloir. Je pose le plateau devant votre porte. Faites de même lorsque vous aurez terminé. Elle écoute les pas s'éloigner.

Sur le plateau se trouvent un bol de chorba odorante, un petit pain de semoule et une bouteille d'eau. Elle savoure la soupe et grignote le pain encore chaud. Son repas terminé, elle dépose son plateau devant la porte.

Quelqu'un s'avance dans le couloir et bientôt elle entend une clé tourner dans la serrure. Elle est enfermée ainsi que toutes ses compagnes. De façon à être vue sans montrer son visage, elle fait sa prière. Ceux qui les observent seront satisfaits : l'endoctrinement a été bien mené.

Vers six heures du matin, un appel à la prière résonne dans le chalet. Il faut se lever et s'exécuter. Elle passe ensuite sous la douche. Elle entend qu'on déverrouille la porte, le petit déjeuner est servi avec un mot posé contre la tasse de café : « Sois prête pour huit heures. Bilal viendra te chercher pour te conduire dans la salle de réunion où je t'attends. »

A l'heure précise, les cinq filles se retrouvent face à l'homme qui les a reçues hier soir. Il les toise du haut de sa grande taille, d'un air méprisant.

– Salam Aleykhoum dit-il. Vous voilà arrivées au terme de votre parcours dans ce pays. Dans quelques jours vous serez sur votre nouvelle terre pour accomplir la mission que Dieu vous a envoyée. Un mari attend chacune de vous. Vous serez heureuses et fières de porter leurs enfants ! D'ici là vous resterez dans vos chambres. Vous serez autorisées à une promenade dans le jardin, tous les après-midis durant une heure. Vous pouvez vous retirer.

Comme elles se lèvent pour regagner l'étage, la porte de la salle s'ouvre brutalement et un homme apparaît. Il est très agité, s'approche du chef et lui murmure quelque chose à l'oreille. En le voyant entrer, Luna-Sarah s'est figée. Un froid glacial l'envahit, son cœur se met à battre plus vite. Celui qui vient de faire irruption dans la pièce, n'est autre que Djilali, celui qui habitait la même cité qu'elle et avec qui elle avait partagé une année scolaire.

— Vous quatre, vous pouvez vous retirer,

dit le chef. Toi, tu restes ici, enjoint-il à Luna-Sarah.

Les filles sorties, il s'adresse à la jeune fille qu'il n'a pas lâchée des yeux.

— Qui es-tu ? lui demande-t-il d'une

voix glaciale, son regard lançant des éclairs de colère.

— Je suis Sarah Benhamou, née dans un

village algérien. Mes parents sont de modestes gens, mon père possède une petite ferme dans la Mitidja et j'ai, au pays, trois frères et deux sœurs.

— Je vois que tu connais bien ta leçon.

— Pourquoi dites-vous ça ? s'inquiète Luna-Sarah.

— Cet homme-là, il désigne Djilali, me dit que tu étais une excellente élève lorsque vous étiez tous les deux dans la même classe, à la Castellane, à Marseille.

— Je pense que cet homme se trompe. Je ne connais pas Marseille et encore moins La Castellane.

— Arrête ! Tu es Luna Martinez et tu es une keuf. J'ai eu affaire à toi lorsque tu es passée par le commissariat du 15è.

— Je ne suis pas celle que vous dites et je ne vous connais pas.

— Ôte ton voile et montre tes cheveux. Je sais qu'ils sont marrons roux.

— Je ne me dévoilerai pas devant vous.

– Obéis ! ordonne le chef. Prouve-lui qu'il se trompe.

– *S'en est fini de moi, se dit-elle.* Je ne pense pas que la couleur de mes cheveux puise être une preuve.

Elle retire son voile, défait son chignon et sa chevelure se répand en boucles couleur châtaigne des bois sur ses épaules. Devant ce magnifique spectacle, les deux hommes restent un moment muets puis le chef se ressaisit

– Il a donc raison. Tu es Luna Martinez et policière.

– Je vous affirme que non. Il me confond avec cette Luna et la couleur de mes cheveux ne peut être un critère suffisant.

– Je ne veux plus t'entendre. Djilali,

attache-lui les mains et conduis-la dans la réserve où tu l'enchaîneras à une poutre. Je m'occuperai d'elle plus tard. Demande à Bilal et Youssef de me rejoindre le plus vite possible.

– A tes ordres, maître. Et le jeune

homme pousse Luna devant lui. Ma vengeance est en marche, sale keuf. Tu vas payer pour les humiliations que j'ai supportées de votre part, vous les petits chéris des maîtresses.

Luna ne dit plus un mot et se laisse conduire dans la resserre. Il y fait terriblement froid et elle n'a rien de bien chaud sur elle. Mais qu'importe, elle a été formée à affronter bien d'autres dangers. Et puis il y a Adrien qui, lui, n'a pas été découvert. Elle sait pouvoir compter sur lui.

* * * *

15

— C'est horrible. Comment as-tu fait pour t'échapper ? demande Raphaël

— Avec l'aide d'Adrien. Ce ne fut pas une partie de plaisir mais, il a pu au final, m'exfiltrer et m'arracher des griffes de ces hommes.

* * * *

Djilali prend un plaisir immense à s'exécuter. Il l'attache, bras levés, mains liées, à un poteau, puis noue autour de ses chevilles une corde solide.

– Tu fais moins la fière maintenant ! Tu vas voir ce qu'il en coûte de vouloir se frotter aux gens du « Sentier Lumineux ». Il va devenir pour toi plus sombre que la nuit. Passe une bonne journée. Et il s'éloigne en riant.

Luna est piégée. Elle va continuer à nier l'évidence mais combien de temps vont-ils lui laisser ? Elle résistera, ne dévoilant rien, mais elle sait qu'elle va vers la mort, ces gens sont impitoyables. Elle s'y prépare mentalement.

Elle est là depuis des heures lorsque le chef pénètre dans la réserve, accompagné de Bilal.

– Es-tu décidée à avouer que tu es Luna Martinez, une flic venue nous espionner ? demande-t-il

– Je n'avouerai rien puisque je suis Sarah Benhamou, originaire d'un petit village d'Algérie.

– Puisque tu veux jouer, nous allons jouer autrement. Mets la toute nue et que chacun des hommes présents viennent lui tenir compagnie le temps qu'il voudra. Les regards et le froid auront raison de son entêtement. Je vais commencer. Il prend une chaise et s'installe face à elle.

Luna frissonne plus d'humiliation et de dégoût que de froid. Être nue sous le regard de cet homme est terrible. Elle se sent violée par ces yeux qui détaillent, sans la moindre honte, toutes parties de son corps. Mais elle résiste. Elle ferme les yeux et Théo et sa mère viennent lui tenir compagnie. C'est pour eux qu'elle est rentrée dans la police. Le souvenir des tendres moments passés ensemble la fait sourire.

– Tu souris ? s'exclame le chef, irrité par cette réaction. Il attendait des larmes, il obtient un sourire radieux. Il est furieux.

Luna ne lui répond pas, se contentant de poursuivre son évocation des jours heureux. Personne ne pourra les lui enlever. Les hommes vont ainsi se succéder dans la contemplation de ce corps livré à leurs regards lubriques. Quand vient le tour d'Adrien-Youssef, il lui fait comprendre par signes, - *les recrues du commando ont appris à signer durant leur stage de formation* – qu'il va la tirer de là.

– Je vais couper tes liens mais garde la même position. Avant l'arrivée du prochain, tu auras quelques minutes pour t'en défaire

Tu te cacheras dans le mini bus et tu attendras. Pour la suite, j'improviserai.

Ne pouvant répondre, elle acquiesce d'un signe de tête. Tout se passe comme prévu. Réfugiée dans le bus qu'Adrien a garé non loin de la réserve, elle se tapit sous les sièges. Lorsque Bilal arrive dans la pièce, la jeune femme a disparu. Il se met à hurler et tous ses compères arrivent. Le chef fulmine de rage.

— Décidément, elle est forte. Trouvez-la et ramenez-la, vivante ou morte.

— Elle n'a pas pu aller bien loin, déclare Adrien-Youssef. Pendant vous la cherchez par ici, je vais prendre la voiture et voir sur la route. Elle pourrait peut-être y faire du stop.

— Vas-y ! Nue dans ce froid, elle ne pourra ni aller bien loin ni tenir longtemps.

Adrien ne se le fait pas dire deux fois. Il saute dans le véhicule et sort de la propriété. Il lance à Luna une robe qu'il a récupérée.

— C'est tout ce que j'ai pu cacher dans

mon blouson. Il lui tend aussi une pochette en cuir. Tu trouveras à l'intérieur de l'argent pour te permettre de t'habiller, de te loger et de rentrer au centre.

— Et toi, s'inquiète-t-elle.

— Je ne suis pas encore découvert. Je

continue. A toi de prévoir la suite. Je ne bougerai pas.

Comme ils atteignent la lisière de la forêt, elle lui demande de la laisser là. Elle a vu au loin les lumières d'une petite ville ou d'un village.

— Je vais trouver de l'aide dans cet

endroit. Rentre vite, ne va pas éveiller les soupçons. Merci Adrien et sois prudent. Je reviens dès que possible éliminer tous ces malades

– Fais attention à toi. Bonne chance, ma belle et sois prudente.

– Promis, dit-elle. Sois prudent toi aussi. et elle saute de la voiture.

Le bus s'éloigne et Luna se dirige vers les lumières. Elle grelotte de froid, ses pieds nus lui brûlent sur le sol gelé. Elle avance malgré tout vers ce qui lui semble être son salut. Comme elle approche d'un petit lac qui borde le village, elle trébuche et en tombant, sa tête cogne une pierre. Le noir envahit son esprit et elle s'évanouit.

* * * *

16

Raphaël restait muet. C'était une histoire terrible et rocambolesque à la fois qui pouvait prêter à sourire si des vies n'étaient pas en jeu.

– *Crois-tu qu'ils soient encore dans le*

chalet ? *Depuis tout ce temps, ils ont sans doute déménagé et emmené les jeunes filles vers leur destination ou ailleurs.*

– *Je ne crois pas. Ils ont des liaisons*

prévues *qu'ils ne peuvent pas avancer ou supprimer. Tu te doutes bien que les passeurs n'en ont rien à faire qu'ils aient des ennuis. Ce convoi est prévu pour le 20 décembre, donc ils sont encore au chalet.*

– *Tu penses donc qu'ils peuvent se* trouver encore dans ce refuge malgré ta disparition?

– *Le message d'Adrien prouve qu'il est* toujours en place et que comme il n'y a eu aucune communication sur ma découverte, ils doivent me penser morte de froid au fond d'un trou.

– *Que faisons-nous ? demanda Raphaël.*

– *Je n'en sais rien mais je garde espoir* que celles avec qui je me suis retrouvée embarquée, pourront être sauvées si nous agissons vite. Crois-tu pouvoir m'aider ?

– *Je vais passer quelques coups de fil et* prendre les congés qu'il me reste. Je suppose que nous ne ferons intervenir la cavalerie que lorsque les fous de Dieu seront neutralisés ?

— *Oui, pas avant pour ne pas avoir à nous identifier.*

— *Parfait, dit Raphaël. Je suis de retour dans une heure.*

Ils échangèrent un baiser passionné pour la première fois depuis leur rencontre. Raphaël saisit son blouson et, portable collé à l'oreille, sortit en trombe de l'appartement.

* * * *

Quelques jours plus tard...

Assis sur le divan, face à la télé, Luna et Raphaël regardaient les infos sur LCI. A l'écran, la journaliste annonçait :

– A six heures, ce matin une unité du GIGN, a investi un chalet, dans le Jura. Il abritait un groupe de quatre hommes et quatre jeunes filles. Elles étaient enfermées dans leurs chambres. Les soldats de Dieu comme ils se nomment, ligotés et bâillonnes, n'ont offert aucune résistance. Les jeunes filles libérées, ont pu rentrer chez elles et retrouver leurs parents. Endoctrinées, totalement convaincues d'avoir fait le bon choix en choisissant de quitter le pays pour aider les Combattants de Dieu, elles seront prises en charge par une cellule de dé-radicalisation. Un beau succès dans la lutte contre ce phénomène inquiétant.

– Dans l'actualité, à retenir...

* * * *

–

— Nous avons réussi, dit Raphaël en éteignant la télé. Et Adrien et toi, êtes sortis indemnes de cette mission.

— Oui, mais maintenant je ne peux plus appartenir au Commando des Étoiles. Je pourrais de nouveau être reconnue et mettre en danger mon partenaire et compromettre l'avenir du groupe.

— Que vas-tu devenir ? Et Adrien ? Lui aussi est grillé !

— Adrien a choisi de prendre sa retraite. Apaisé après toutes ces années de souffrance, il est redevenu Bastien Laugier, pour le plus grand bonheur de sa maman. Ils vont quitter Marseille et s'installer dans une petite maison qu'ils possèdent à Niolon, en bord de mer.

— Et, toi alors ?

— Je suis nommée Capitaine, mon capitaine et je redeviens simple flic., comme Pinot ! répond-t-elle en riant. Qu'en penses-tu ?

— Coucher avec un flic pour le reste de ma vie, ça craint, non ?

— Je te passerai les menottes et te ferai subir toutes les tortures possibles jusqu'à ce que tu te rendes et demandes grâce à ton tortionnaire, menaça-t-elle en le basculant sur le canapé.

Un fou rire les secoua et ils s'enlacèrent pour un corps à corps passionné.

* * * *

Choisissez une étoile,
ne la quittez pas des yeux.
Elle vous fera avancer
loin sans fatigue et sans peine.

Alexandra David-Neel

Du même auteur
Aux Éditions Stellamaris (1)

Romans

La boîte à sucre

Le secret de Constance

Une petite ville si tranquille

La bête est morte

Témoignages

Ce crabe qui en pince pour moi

Briser le silence

Aux marches du passé

Récits – Nouvelles

Trois femmes

La voyeuse

Recueils de poésies

Juste quelques mots d'amour

Émotions

Promenade

À cloche cœur

Œuvres pour la jeunesse

Shona, femme chamane

(1) En vente sur le site de l'éditeur ou sur Amazon.fr

(2)

En vente exclusivement sur Amazon

Recueils de poésies

Fouka, souvenirs et regrets

Livres pour les plus jeunes

Les histoires de Mamie
5 Tomes
- Miracle à Noël
- Valentin et l'ours magicien
- Qui a volé la sacoche de Casimir Timbreposte ?
- Les aventures de Chloé
- Nina au pays du Père Noël

Livre historique
La dame aux loups (tome 2)

BOD éditions ou sur Amazon

Pauline, une femme pied noir
Le manuscrit assassiné
La dame aux loups (tome 1)
L'Escrocoeur

* * * *